新课标国学美绘新读

亲近国学经典　　感受古典精神

胡元斌 郭艳红 ◎编著

千家诗新读

阅读国学经典，可以培养良好的道德品质
提升儒雅、敦厚、睿智的气质

中国书籍出版社
China Book Press

序言

泱泱中华五千载，悠悠国学民族魂。中华国学"为天地立心，为生民立命，为往圣继绝学，为万世开太平"的圣贤精神，是中华民族几千年来生生不息的根本，是华夏儿女的文化基因和精神支柱。

国学是中华民族增进团结的精神纽带，是炎黄子孙的心灵火炬，我们要世代相传并不断发扬光大。

国学经典是中华民族五千年的文化精髓，其中蕴含着丰富而深刻的人生智慧和处世哲理，经过千百年的历史洗礼和实践检验，仍然是今天广大青少年学习成长的有益的精神食粮。青少年阅读国学经典，能够秉承国学仁义精神，养成谦和待人、谨慎待己、勤学好问等优良品行，成为内外兼修的阳光少年和未来精英。

青少年阅读国学经典，如同师从贤哲，在人生的第一步就站在了先贤们的肩膀之上，能在高起点上开始人生的起跑。阅读圣贤之书，与圣贤为伍，可以使精神达到高尚的境界。

为此，我们特别编辑了这套国学作品新读丛书，根据新课标要求和广大青少年学习特点，在忠于原著基础上，除了配备原文外，还增设了简单明了的注释和白话新解，同时还配有相应的启迪故事和精美图片，图文并茂，生动形象，非常易于阅读、理解和欣赏，是广大青少年学习国学的最佳读物，相信大家从中会获得新的感受和新的教益。

前言

　　《千家诗》选取唐、宋各朝的名家名诗，每一首都朗朗上口，浅显易懂，咏物拟人，富有情趣。所选诗歌题材十分广泛，内容非常丰富。它是我国古代具有启蒙性质的诗歌选本，因为所选诗歌大多是唐宋时期的名家名篇，易学好懂，题材多样，所以流传非常广泛，影响也非常深远，是优秀的少年儿童读物，能够提高我们的文化修养。

　　《千家诗》是由宋代谢枋得选编的七言律诗《重定千家诗》，和明代王相所选《五言千家诗》合并而成。它是我国带有启蒙性质的诗歌选本，题材包括山水田园、赠友送别、思乡怀人、吊古伤今、咏物题画、侍宴应制等。

　　《千家诗》虽然号称千家，实际只录有122家。按朝代分：唐代65家，宋代52家，五代1家，明代2家，无从查考年代的无名氏作者2家。其中选诗最多的是杜甫，共25首，其次是李白，共8首。

　　《千家诗》内容大都明白晓畅，文字浅显，易于成诵，在传统诗歌蒙学读本中独占鳌头，是几百年来人们学习古代诗歌的基础教材。本书各诗每首均有精练的注释、赏析说明和作者简介，便于儿童阅读、理解和记诵，是青少年学习诗歌的最佳启蒙读物。

目 录

6	春　晓		36	宫中题
8	塞下曲		38	寻隐者不遇
10	池　上		40	汾上惊秋
12	独坐敬亭山		42	蜀道后期
14	逢雪宿芙蓉山主人		44	静夜思
16	登鹳雀楼		46	秋浦歌
18	悯　农		48	题祁山烽树赠乔十二侍御
20	罢相作		50	鹿　柴
22	风		52	答武陵太守
24	逢侠者		54	行军九日思长安故园
26	答李浣		56	江　雪
28	相　思		58	题竹林寺
30	秋风引		60	三闾庙
32	秋夜寄邱员外		62	易水送别
34	秋日湖上		64	夜宿山寺
			66	别卢秦卿
			68	答　人
			70	绝　句
			72	春宿左省

74	送友人		118	清　明
76	寄左省杜拾遗		120	漫　兴
78	终南山		122	山　行
80	送杜少府之任蜀州		124	早发白帝城
82	登兖州城楼		126	花　影
84	醉后赠张九旭		128	小　池
86	宿云门寺阁		130	湖　上
88	临洞庭上张丞相		132	望天门山
90	过香积寺		134	春　暮
92	咏　柳		136	芙蓉楼送辛渐
94	九月九日忆山东兄弟		138	春暮游小园
96	春　宵		140	绝　句
98	望庐山瀑布		142	客中初夏
100	小儿垂钓		144	江南逢李龟年
102	初春小雨		146	奉和贾至舍人早朝大明宫
104	回乡偶书		148	和贾舍人早朝大明宫之作
106	赠汪伦		150	戏答元珍
108	枫桥夜泊		152	插花吟
110	出　塞		154	寓　意
112	送孟浩然之广陵		156	清　明
114	江南春		158	黄鹤楼
116	海　棠		160	江　村
			162	东湖新竹
			164	秋日偶成
			166	秋　兴

春 晓[1]

（唐）孟浩然

春眠[2] 不觉晓[3]，处处[4] 闻啼鸟[5]。
夜来[6] 风雨声，花落[7] 知多少[8]。

注释

1. 春晓：春天的清晨。晓，指天刚亮的时候。
2. 眠：睡觉。
3. 不觉晓：没有察觉到早晨的来到。
4. 处处：到处。
5. 闻啼鸟：听到小鸟的鸣叫声；闻，听到；啼，鸣叫。
6. 夜来：夜里。
7. 花落：花被雨打落。
8. 知多少：不知有多少。

新读

春天的夜晚一直甜甜地睡到天亮，
醒来时只听见窗外一片鸟鸣啁啾。
回想起昨夜好像下过雨又刮过风，
庭院石阶上也许铺满了缤纷落花。

作者简介

孟浩然（689年—740年），襄阳襄州人，盛唐时期的著名诗人。他四十岁时赴京赶考，但没有考中，从此隐居在鹿门山，以作诗自得其乐。孟浩然写了许多山水田园诗，其作品把唐代的山水田园诗创作推向了顶峰，与王维合称"王孟"。

孟浩然的诗已摆脱了初唐应制、咏物的狭窄境界，更多地抒写了个人的情怀，给开元诗坛带来了新鲜气息，并得到时人的倾慕。现有《孟浩然集》。

赏析

这首诗是诗人隐居在鹿门山时所作，意境十分优美。诗人从听觉的角度描绘了雨后春天早晨的景色，表现了春天里诗人内心的喜悦和对大自然的热爱。

这首诗看似平淡无奇，却韵味无穷，全诗行文如流水，自然平易，内蕴深厚。

诗的前两句写诗人因春宵梦酣，天已大亮了还不知道，一觉醒来，听到的是屋外处处鸟儿的欢鸣。诗人惜墨如金，仅以一句"处处闻啼鸟"来表现充满活力的春日早晨的景象。

但人们由此可以知道就是这些鸟儿的欢鸣把懒睡中的诗人唤醒，可以想见此时屋外已是一片明媚的春光，可以体味到诗人对春天的赞美。

正是这可爱的春晓景象，使诗人很自然地转入诗的第三、四句的联想：昨夜我在蒙眬中曾听到一阵风雨声，现在庭院里盛开的花儿到底被摇落了多少呢？

这首诗语言明白晓畅，音调朗朗上口，而且贴近生活，情景交融，意味隽永，因此受到了人们的喜爱。

塞下曲[1]

(唐)卢 纶

月黑[2]雁[3]飞高,单于[4]夜遁[5]逃。
欲将轻骑[6]逐[7],大雪满[8]弓[9]刀。

注释

[1] 塞下曲:古时边塞的一种军歌。
[2] 月黑:指月亮被乌云遮盖的黑夜。
[3] 雁:又称大雁,形状有点像鹅,群居水边,飞时排列成行。
[4] 单于:匈奴的首领,这里指入侵者的最高统帅。
[5] 夜遁:遁,逃跑。趁夜晚逃跑。
[6] 轻骑:指装备轻便而行动快速的骑兵。
[7] 逐:追逐,追赶。
[8] 满:多。指雪把弓刀都盖住了。
[9] 弓:弓箭。

新读

夜静月黑时雁群飞得很高,
单于趁黑夜悄悄地逃窜了。
正要带领轻骑兵去追赶时,
身上带的弓刀落满了大雪。

作者简介

卢纶（约737年—约799年），字允言，汉族，河中蒲人即今山西永济人。唐代诗人，十大才子之一。

卢纶的诗，以五、七言近体为主，多唱和、赠答之作。但他在从军生活中所写的诗，如《塞下曲》等，风格雄浑，情调慷慨，历来为人传诵。有《卢户部诗集》传世。

赏析

这首诗是卢纶《塞下曲》组诗中的第三首。主要写将军雪夜准备率兵追敌的壮举，气概豪迈，给人以激昂振奋之感。

前两句写敌军的溃逃。"月黑雁飞高"，月亮被云遮掩，一片漆黑，宿雁惊起，飞得很高。"单于夜遁逃"，在这月黑风高的不寻常的夜晚，敌军偷偷地逃跑了。

后两句写将军准备追敌的场面，气势不凡。"欲将轻骑逐"，将军发现敌军潜逃，要率领轻装骑兵去追击；最后一句"大雪满弓刀"是严寒景象的描写，正准备出发之际，一场纷纷扬扬的大雪，刹那间弓刀上落满了雪花，突出表达了战斗的艰苦和将士们勇猛的精神。

本诗情景交融。敌军是在"月黑雁飞高"的情景下溃逃的，将军是在"大雪满弓刀"的情景下准备追击的。一逃一追的气氛被有力地渲染出来了。全诗没有写冒雪追敌的过程，也没有直接写激烈的战斗场面，但留给人们的想象是非常丰富的。

池 上

(唐) 白居易

小娃撑小艇①,偷②采白莲③回。
不解④藏⑤踪迹⑥,浮萍⑦一道⑧开。

> **注释**

① 撑小艇:用竹篙抵住水底使小船行进。

② 偷:秘密,暗地里。

③ 白莲:白色的莲蓬。

④ 不解:不知道,不懂得。

⑤ 藏:隐藏,掩藏。

⑥ 踪迹:行动所留下的可觉察的形迹。

⑦ 浮萍:一种生长在水面上的植物。

⑧ 一道:指小艇划出的一条水痕。

> **新读**

一个小孩撑着小船,
偷偷地采了白莲回来。
他不知道怎么掩藏踪迹,
分开的浮萍留下了划船的踪迹。

作者简介

白居易（772年—846年），唐代诗人，今山西太原人，中国文学史上负有盛名并且影响深远的诗人和文学家。

白居易官至翰林学士、左赞善大夫。诗歌题材广泛，形式多样，语言平易通俗，有"诗魔"和"诗王"之称。代表作有《长恨歌》、《卖炭翁》、《琵琶行》等。有《白氏长庆集》传世。

赏析

在这首诗中，作者用白描的手法将一"偷莲"小童的憨态描绘得惟妙惟肖，诗中最传神的当是"不解藏踪迹"一句，写尽小童顽皮、纯真情态。

这首诗好比一组镜头，摄下一个小孩儿偷采白莲的情景。

从诗的小主人公撑船进入画面，到他离去只留下被划开的一片浮萍，有景有色，有行动描写，有心理刻画，细致逼真，富有情趣；而这个小主人公的天真、活泼、淘气的可爱形象，也就栩栩如生，跃然纸上了。

池塘中一个个大莲蓬，新鲜清香，多么诱人啊！

一个小孩儿偷偷地撑着小船去摘了几个又赶紧划了回来。

他还不懂得隐藏自己偷摘莲蓬的踪迹，自以为谁都不知道；可是小船驶过，水面上原来平铺着的密密的绿色浮萍分出了一道明显的水线，这下子泄露了他的秘密。

独坐敬亭山[1]

(唐)李 白

众鸟[2]高飞尽,孤云独去闲[3]。
相看[4]两不厌,只[6]有敬亭山。

注释

[1] 敬亭山:在今安徽宣城北。
[2] 众鸟:众,多。很多鸟的意思。
[3] 独去闲:独去,独自去。闲,形容云彩飘来飘去,悠闲自在的样子。孤单的云彩飘来飘去。
[4] 相看:互相对视。
[5] 厌:满足。
[6] 只:唯有,独有。

新读

群鸟展翅高飞,早已没有了踪影,
只有一片孤云独自悠闲地飘浮而去。
我伫立在山顶,注视着敬亭山,
敬亭山也看着我,彼此久看不厌啊!

作者简介

李白（701年—762年），字太白，号青莲居士，有"诗仙"之称，他与杜甫并称为"李杜"。李白祖籍陇西郡成纪县，今甘肃省平凉市静宁县南，出生于蜀郡绵州昌隆县，今四川省江油市青莲乡。

李白是唐代伟大的浪漫主义诗人，他的诗风格豪放，飘逸洒脱，想象丰富，语言流转自然，音律和谐多变。

李白善于从民歌、神话中吸取营养素材，构成其特有的瑰丽绚烂的色彩，他创造了继屈原以后浪漫主义诗歌的新高峰。

赏析

这首诗是诗人在多次登临敬亭山后所发出的感慨。他独自一人步履蹒跚地爬上敬亭山，独坐许久，触景生情，十分伤感，情不自禁地吟下了这首千古绝唱。

此诗前两句"众鸟高飞尽，孤云独去闲"，看似写眼前之景，其实把伤心之感写尽了：天上几只鸟儿高飞远去，直至无影无踪；寥廓的长空还有一片白云，却也不愿停留，慢慢地越飘越远，似乎世间万物都在厌弃诗人。

三、四两句"相看两不厌，只有敬亭山"将敬亭山人格化、个性化。

尽管鸟飞云去，诗人仍没有回去，也不想回去，他久久地凝望着幽静秀丽的敬亭山，觉得敬亭山似乎也正含情脉脉地看着他。他们之间不必说什么话，已达到了感情上的交流。

在这首写景的诗里，诗人内心深处的孤独之情也被非常突出地表现了出来。

逢雪①宿芙蓉山主人

(唐)刘长卿

日暮苍山②远,天寒白屋③贫。
柴门④闻犬吠,风雪夜归人。

注释

① 逢雪:遇到下雪。
② 苍山:青色的山。
③ 白屋:贫苦人家住的茅草屋。
④ 柴门:贫苦人家用碎木材、树枝、芦苇等做成的门。

新读

暮色降,山苍茫,愈觉路途远,
天寒冷,茅草屋,显得家里贫。
柴门外忽传来犬吠声声,
风雪夜主人归来了。

作者简介

刘长卿(709年—约786年），字文房，宣城人。是由盛唐向中唐过渡时期的一位杰出诗人。擅五律，工五言。官至监察御史。

与诗仙李白交情深厚，有《唐刘随州诗集》传世，其诗五卷入《全唐诗》。事迹见《唐诗纪事》、《唐才子传》。

赏析

这首诗用精练的诗笔，描绘出一幅以旅客暮夜投宿、山家风雪人归为主题的寒山夜宿图。整首诗按照时间顺序安排。

前两句，写诗人投宿山村时的所见所感。首句"日暮苍山远"，"日暮"点明时间，正是傍晚。"苍山远"，是诗人风雪途中所见。青山遥远迷蒙，暗示跋涉的艰辛和急于投宿的心情。

次句"天寒白屋贫"点明投宿的地点。"白屋"，主人家简陋的茅舍，在寒冬中更显得贫穷。"寒"、"白"、"贫"三字互相映衬，渲染贫寒、清冷的气氛，也反映了诗人独特的感受。

后两句写诗人投宿主人家以后的情景。"柴门闻犬吠"，诗人进入茅屋已安顿就寝，忽从卧榻上听到吠声不止。"风雪夜归人"，诗人猜想大概是芙蓉山主人披风戴雪归来了吧。这两句从耳闻的角度落墨，展示一个犬吠人归的场面。

这里，只写"闻犬吠"，可能因为这是最先打破静夜之声，也是最先入耳之声，而实际听到的当然不只是犬吠声，应当还有风雪声、叩门声、柴门启闭声、家人回答声，等等。这些声音交织成一片，勾勒出一幅风雪人归的生动画面。

登鹳雀楼[1]

(唐)王之涣

白日[2]依[3]山尽[4],黄河入海流。
欲[5]穷[6]千里目[7],更上一层楼。

注释

[1] 鹳雀楼:在今山西蒲县西南,传说有鹳雀经常栖息在这里。
[2] 白日:太阳。
[3] 依:依傍。
[4] 尽:消失。这句话是说太阳依傍群山落下。
[5] 欲:想,要想。
[6] 穷:尽,使达到极点。
[7] 千里目:眼界宽阔。

新读

夕阳依傍着西山慢慢地沉没,
滔滔黄河朝着东海汹涌奔流。
若想把千里的风光景物看尽,
那就要登上更高的一层楼呀!

作者简介

王之涣（688年—742年），盛唐时期的著名诗人，字季凌，祖籍晋阳，即今山西太原。王之涣性格豪放不羁，常击剑悲歌，其诗作多被当时乐工制曲歌唱，名动一时。

他写西北风光的诗篇颇具特色，大气磅礴，意境开阔，热情洋溢，韵调优美，朗朗上口，广为传颂。为盛唐边塞诗人之一。

赏析

这首诗写诗人在登高望远中表现出来的不凡的胸襟抱负，反映了盛唐时期人们积极向上的进取精神。

"白日依山尽"写远景，写山，写的是登楼望见的景色；"黄河入海流"写近景，写水。写得景象壮观，气势磅礴。这里，诗人运用极其朴素、极其浅显的语言，既高度形象又高度概括地把进入广大视野的万里河山，收入短短十个字中。

次句写目送流经楼前下方的黄河奔腾而来，又在远处折而东向，流归大海。这两句诗合起来，就把上下、远近、东西的景物，全都容纳进诗笔之下，使画面显得特别宽广，特别辽远。"欲穷千里目"，写诗人一种无止境探求的愿望，还想看得更远，看到目力所能达到的地方，唯一的办法就是要站得更高些，"更上一层楼"。

诗句看来只是平铺直叙地写出了这一登楼的过程，而实际意蕴深远，耐人寻味。这里有诗人的向上进取的精神、高瞻远瞩的胸襟，也点出了站得高才能看得远的哲理。

悯① 农

（唐）李 绅

锄禾②日当午③，汗滴禾下土④。
谁知盘中餐⑤，粒粒⑥皆⑦辛苦。

注释

① 悯：怜悯。

② 锄禾：用锄头松禾苗周围的土。

③ 日当午：太阳至中午时分，此时是一天中最热的时候。

④ 汗滴禾下土：汗水滚滚，不断地滴到禾苗的下面。

⑤ 盘中餐：碗中的粮食。

⑥ 粒粒：每一颗。

⑦ 皆：都。

新读

在正午的烈日炎炎下锄地，
汗水不断地滴到庄稼地里。
可谁知道那碗中的饭哟，
每一粒都包含着农民的辛苦！

作者简介

李绅（772年—846年），唐代诗人。字公垂，无锡人。

二十七岁考中进士，补国子助教。与元稹、白居易交游甚密，是在文学史上产生过巨大影响的新乐府运动的参与者。

著作《悯农》脍炙人口，妇孺皆知，千古传诵。《全唐诗》存其诗四卷。

赏析

这首诗主要是表现劳动者的艰辛和劳动果实的来之不易。

第一、二句"锄禾日当午，汗滴禾下土"描绘出在烈日当空的正午，农民仍然在田里劳动，这两句诗选择特定的场景，形象生动地写出劳动的艰辛。

有了这两句具体的描写，就使得第三、四句"谁知盘中餐，粒粒皆辛苦"的感叹和告诫免于空洞抽象的说教，而成为有血有肉、意蕴深远的格言。

这首诗没有从具体人、事落笔，它所反映的不是个别人的遭遇，而是整个农民群体的生活和命运。

诗人选择比较典型的生活细节和人们熟知的事实，深刻揭露了不合理的社会制度。告诉人们应该节约食物，不要浪费。

在表现手法上，作者采用相互对比、前后映衬的方法，不仅给人以鲜明强烈的印象，而且发人深省，将问题留给读者自己去思考，从而取得更好的效果。

罢相作

（唐）李适之

避贤[1]初罢相,乐圣[2]且衔杯[3]。
为问门前客,今朝[4]几个来?

注释

[1] 避贤:避位让贤,辞去相位给贤者担任。李适之天宝元年任左相,后遭李林甫算计,失去相位。

[2] 乐圣:古人有以清酒为圣人,以浊酒为贤人的说法。这里指的是爱好喝酒。

[3] 衔杯:喝酒。

[4] 今朝:如今,即作者被罢相之后。

新读

我辞去相位而让给贤者,
天天举着酒杯开怀畅饮。
请问过去常来我家做客的人,
今天还有几个能来看我?

作者简介

李适之（694年—747年），唐代诗人，名昌，陇西成纪人。

705年，任左卫郎，后官至通州刺史、泰州都督和陕州刺史。他还当过河南尹，拜为御史大夫，最高做至刑部尚书。后因得罪了宰相李林甫，被贬为宜春太守。

赏析

这首诗写诗人罢相后的心情和感想。

诗的开头两句的意思是，自己的相职一罢免，皇帝乐意我给贤者让了路，我也乐意自己尽可喝酒了，公私两便，君臣皆乐，值得庆贺，那就举杯吧。

前两句说明设宴庆贺罢相的理由，后两句是关心亲故来赴宴的情况。这在结构上顺理成章，而用口语写问话，也生动有趣。但宴庆罢相，事已异常；所设理由，又属遁词；而实际处境，则是权奸弄权，恐怖高压。

因此，尽管李适之平素"夜则宴赏"，天天请宾客喝酒，但"今朝几个来？"宴请的是亲故宾客，大多是知情者，懂得这次赴宴可能得罪李林甫，惹来祸害。敢来赴宴，便见出胆识，不怕风险。这对亲故是考验，于作者为慰勉，向权奸则为示威，甚至还意味着嘲弄至尊。

由于使用反语、双关语和俚语，这诗有插科打诨的打油诗格调，因而前人有嫌它过显不雅的，但杜甫写到李适之时却特地称引此诗，有"衔杯乐圣称必贤"句，可算知音。

风

（唐）李　峤

解落三秋[1]叶，能开二月[2]花。
过江千尺浪，入竹万竿斜。

注释

[1] 三秋：晚秋，指农历九月。
[2] 二月：早春，农历二月。

新读

风吹落了很多的秋叶，
催开了早春二月的鲜花。
吹过江，卷起千尺高的大浪，
吹入竹林，吹歪了万竿竹子。

作者简介

李峤（645年—714年），唐代诗人，字巨山，赵州赞皇人，即今河北人。李峤少年时就有才气，二十岁时便进士及第，后来官至监察御史。

李峤对唐诗的发展有一定的作用与影响。他写有咏物诗一百二十首，自风云月露，至服章器用之类，无所不包。

其诗绝大部分为五言近体，唐代把苏味道、李峤与汉代的苏武、李陵相比，也称"苏李"。

赏析

这是一首描写风的小诗，它是诗人从动态上对风的一种诠释和理解。诗中并没有出现风字，但每一句里我们都能见到风的身影。

第一、二句，我们要注意"解"和"能"的妙处，诗人仿佛是风的老朋友，说起了它的能耐。

多少悲秋与怀春的词句都被这两句诗概括了进去，人们读着读着不禁醒悟，这世上的悲伤与欢乐居然全与风联系起来了。

"过江千尺浪，入竹万竿斜"用了夸张的手法，把江面的波涛和幽静的竹林写活了。

诗中的四组量词的使用也是一大特色，都在句子里同样的位置，却不显得呆板。

三秋、二月还算是实指，千尺万竿就带些夸张，把江面壮观的浪涛和竹林幽寂的景致都写得活灵活现。

逢侠者[1]

（唐）钱 起

燕赵[2]悲歌士[3]，相逢[4]剧孟[5]家。
寸心[6]言[7]不尽，前路日将斜[8]。

注释

[1] 侠者：豪侠仗义之士。
[2] 燕赵：古代的"燕赵"之地，除了河北外，还包括现在的京、津以及山西、河南北部、内蒙古南部的部分地区。
[3] 悲歌士：悲歌，悲伤的歌曲。悲歌士指慷慨赴死的侠客。
[4] 相逢：相遇，遇见。
[5] 剧孟：汉代著名的侠士，洛阳人。
[6] 寸心：指心，心中。
[7] 言：说，倾诉。
[8] 日将斜：太阳西下，天将黑了。

新读

赵、燕两地多慷慨悲歌的侠士，
今天我们相逢在剧孟的故乡洛阳。
心中悲壮不平之事向你倾诉不完，
无奈太阳西斜，只好再次分手而去。

作者简介

钱起（722年—780年），字仲文，吴兴人，即今浙江湖州人。

钱起是天宝十年（1751年）被赐为进士的第一人，曾任考功郎中、翰林学士，他与韩翃、李端、卢纶等号称大历十才子。同时，他又与郎士元齐名，后人称道："前有沈宋，后有钱郎。"

钱起当时诗名很盛，他的诗多为赠别应酬、流连光景、粉饰太平之作，与社会现实相距较远。但他的诗具有较高的艺术水平，风格清空闲雅、流丽纤秀，特别长于写景，是大历诗风的杰出代表。

赏析

这是一首因路遇侠者而写的赠别诗。

开头两句，诗人用"燕赵悲歌士"，借以比拟所遇见的侠者；而"相逢剧孟家"，则是说他们两人相逢于洛阳道中，因剧孟不仅是侠者，而且是洛阳人。如此写来，极为切合侠者身份。

后面两句，是说相逢时彼此倾心交谈，天下该有多少不平的事说不完啊，可是太阳又快要落山了。前路漫漫，只好恋恋不舍地分手而别了。这既抒发了作者心中的不平，也表露了对侠士的倾慕之情。对"寸心言不尽"，可以理解为这是文人与武士间的区别造成的欲言又止，意犹未尽。最后写到落日，其实有诗人对朋友的一丝担忧，太阳都落山了，像在催促他们，尽管依依不舍，但是天下无不散的筵席。这份感情真是被描述得格外珍贵。

答李浣[1]

（唐）韦应物

林中观易罢[2]，溪上对鸥闲[3]。
楚俗[4]饶[5]辞客[6]，何人[7]最往还[8]。

注释

[1] 李浣：作者的朋友，当时在楚地担任官职。楚地，即今天湖南、湖北一带地区。

[2] 林中观易罢：观易，读《易经》。在树林中读完《易经》。

[3] 溪上对鸥闲：对，看，观赏。又去溪边观赏鸥鸟游戏。

[4] 楚俗：楚地的习俗。

[5] 饶：多。

[6] 辞客：辞，同词。就是写诗弄文的文人墨客。

[7] 何人：哪些人。

[8] 往还：往来。

新读

我在林中刚刚读完《易经》，
又到溪边悠闲地欣赏鸥鸟嬉戏。
楚地素来诗人墨客云集，
不知你与谁应和酬唱往来最多呢？

作者简介

韦应物（737年—792年），长安人，即今陕西西安人，唐代诗人。

他十五岁起就为唐玄宗做近侍，出入宫中。先后为洛阳丞、京兆府功曹参军、鄠县令、比部员外郎、滁州和江州刺史、左司郎中、苏州刺史。

韦应物的诗以五言诗成就最高，风格恬淡闲远，语言简洁朴素，但也不失艳丽秀逸的一面。

韦应物的诗现传有10卷本《韦江州集》、2卷本《韦苏州诗集》、10卷本《韦苏州集》。但他的散文仅存一篇。

赏析

这是一首赠答诗，原诗有三首，这是其中的第三首，是韦应物的代表作之一。

在这首诗里，诗人以简淡平和的语气，用诗的形式与朋友聊着家常，关心着对方的近况。

"林中观易罢，溪上对鸥闲"两句是对个人生活的简述，表现自己读书、赏鸥的闲情逸致。

"楚俗饶辞客，何人最往还"是问李浣在楚地和哪些诗人来往得最密切、最为合意。这说的虽然是生活中的琐事，但淡淡几笔，却写出了朋友之间的亲切感情。

诗里也表示了希望李浣慎重交友，多多向楚地的文士学习的意思。这是善意的忠告。

这里没有直白地讲明，曲意化应该是韦应物写诗的习惯使然。这首诗表达出的对朋友的忠诚是可贵的。

相 思

（唐）王 维

红豆①生②南国③，春来发④几枝。
愿君⑤多采撷⑥，此物⑦最相思。

注释

① 红豆：又名相思子，一种生在岭南地区的植物，结出的籽像豌豆而稍扁，呈鲜红色。
② 生：生长。
③ 南国：指我国的南方地区。
④ 发：生长。
⑤ 君：对对方的尊称。
⑥ 采撷：采摘。
⑦ 此物：指红豆。

新读

红豆树生长在南方，
春天它将生出多少新枝。
希望你多采摘一些红豆，
它最能勾起人们的思念之情。

作者简介

王维（701年—761年），字摩诘，汉族。盛唐时期的著名诗人，官至尚书右丞。原籍祁（今山西祁县），迁至蒲州（今山西永济），崇信佛教，晚年居于蓝田辋川别墅。

王维的诗、画成就都很高，苏东坡赞他"诗中有画，画中有诗"，尤以山水诗成就为最，与孟浩然合称"王孟"，晚年无心仕途，专诚奉佛，故后世人称其为"诗佛"。

赏析

这是一首借咏物而寄相思的诗。一题为《江上赠李龟年》，可见是眷怀友人无疑。

首句以"红豆生南国"起兴，暗示后文的相思之情。语极单纯，而又富于形象。次句"春来发几枝"轻声一问，承得自然，寄语设问的口吻显得分外亲切。然而单问红豆春来发几枝，是意味深长的，这是选择富于情味的事物来寄托情思。

第三句紧接着寄意对方"多采撷"红豆，仍是言在此而意在彼。这里只用相思嘱人，而自己的相思则见于言外。用这种方式透露情怀，婉曲动人，语意高妙。末句点题，"相思"与首句"红豆"呼应，既是切"相思子"之名，又关合相思之情，有双关的妙用。

"此物最相思"就像说：只有这红豆才最惹人喜爱，最叫人忘不了呢。这是补充解释何以"愿君多采撷"的理由。而读者从话中可以体味到更多的东西。

全诗情调健美高雅，怀思饱满奔放，语言朴素无华，韵律和谐柔美。可谓绝句的上乘佳品！

秋风引[1]

(唐)刘禹锡

何处[2]秋风至?萧萧[3]送雁群。
朝来入庭树[4],孤客[5]最先闻[6]。

注释

[1] 秋风引:即秋风曲。
[2] 何处:什么地方,哪里。
[3] 萧萧:风声,草木摇落声。
[4] 庭树:庭院的树木。
[5] 孤客:独自在外客居的人,此为作者自指。
[6] 闻:听见。

新读

秋风从何处吹来?
萧萧之声送走雁群。
清晨吹入庭前树木,
浪迹他乡的我最先敏感地听到。

作者简介

刘禹锡（772年—842年），字梦得，彭城人。唐代中期诗人、文学家、哲学家、政治家，有"诗豪"之称。

刘禹锡曾任监察御史，他的家庭是一个世代以儒学相传的书香门第，政治上主张革新，是王叔文派政治革新活动的中心人物之一。后来永贞革新失败被贬为朗州司马。

刘禹锡被贬后没有自甘沉沦，而是以积极乐观的精神进行创作，积极向民歌学习，创作了《秋词》等仿民歌体诗歌。

刘禹锡在洛阳时，还与白居易共创了《忆江南》词牌。

赏析

这是诗人在遭受贬谪时所作的诗。

首句"何处秋风至"，就题发问，摇曳生姿，而通过这一起势突兀、下笔飘忽的问句，也显示了秋风不知其来、忽然而至的特征。

接下来以"萧萧送雁群"写耳所闻的风来萧萧之声和目所见的随风而来的雁群。这样，就化无形之风为可闻可见的景象，从而把不知何处至的秋风绘声绘影地写入诗篇。

诗的后两句"朝来入庭树，孤客最先闻"，把笔触从秋空中的"雁群"移向地面上的"庭树"，再集中到独在异乡、"归思方悠哉"的"楚客"，由远而近，步步换景。

"朝来"句既承接首句的"秋风至"，又承接次句的"萧萧"声，不是回答又似回答了篇端的发问，非常巧妙，也异常自然。

秋夜寄邱员外[1]

(唐)韦应物

怀君[2]属[3]秋夜,散步咏凉天[4]。
山空松子[5]落,幽人[6]应未眠。

注释

[1] 邱员外:名丹,苏州人,曾拜尚书郎,后隐居平山上。
[2] 怀君:想念你。
[3] 属:正值。
[4] 凉天:凉爽的季节。
[5] 松子:松子是松树的种子,又称海松子。
[6] 幽人:悠闲的人,指邱员外。

新读

在这悲凉的秋夜我深深地想起你
独自边散步边赞感叹凉爽的秋天。
山林静谧得都能听到松子坠落声,
此时你也在思念友人难以成眠吧!

写作背景

此诗是韦应物任苏州刺史时所作。邱丹隐居平山学道。这是一首怀人诗。

诗人先写自己因怀念友人邱丹,在秋夜里咏诗寄情,彻夜不眠。整首诗的境界清幽空灵,韵味隽永。

赏析

本诗前两句写作者自己,即怀人之人;后两句写正在临平山学道的邱丹,即所怀之人。

首句"怀君属秋夜",点明季节是秋天,时间是夜晚,而这"秋夜"之景与"怀君"之情,正是彼此衬映的。

次句"散步咏凉天",承接自然,全不着力,而紧扣上句。"散步"是与"怀君"相照应的,"凉天"是与"秋夜"相绾合的。这两句都是写实,写出了作者因怀人而在凉秋之夜徘徊沉吟的情景。

第三句"山空松子落",遥承"秋夜"、"凉天",是从眼前的凉秋之夜,推想临平山中今夜的秋色。

第四句"幽人应未眠",则遥承"怀君"、"散步",是从自己正在怀念远人、徘徊不寐,推想对方应也未眠。

这两句出于想象,既是从前两句的生发而来,又是对前两句诗情的深化。

从整首诗看,作者运用写实与虚构相结合的手法,使眼前景与意中景同时并列,使怀人之人与所怀之人两地相连,进而表达了异地相思的深情。

秋日湖上

（唐）薛 莹

落日五湖[1]游，烟波[2]处处愁。
浮沉[3]千古事[4]，谁与问东流[5]？

> **注释**

[1] 五湖：指江苏的太湖。
[2] 烟波：烟雾笼罩的江湖水面。
[3] 浮沉：指国家的兴亡。
[4] 千古事：千百年来发生的事。
[5] 东流：向东奔流的水，这里指太湖。

> **新读**

秋天夕阳下，泛游太湖，
烟波迷茫，处处使人忧愁。
千年兴亡盛衰的历史，
有谁去向太湖问询呢？

作者简介

薛莹，晚唐诗人。著有《洞庭诗集》，《全唐诗》里收有十首他作的诗，其他的就只有残句了。他的诗风充满伤感，所作多表现隐逸生活。

赏析

这是一首湖上怀古的作品，它反映出了一种世事浮沉的消极思想。

这首诗开头一句写出了诗人秋日泛舟闲游的时间、地点，言简意赅；紧接着一句道出了太湖上的景致，同时也烘托出了诗人的心境。

这两句既写景，又抒情，情由景生，景带情思，情景交融。尤其一个"愁"字，直抒胸臆，点出了诗人抑郁的情怀。

"浮沉千古事，谁与问东流"两句是这首诗的题旨所在，意思是千百年不断发生的事都随着太湖上的水面浮浮沉沉，俱随着湖水向东流去。

太湖历来是兵家必争之地，然而，此日的湖波依旧，往日的是是非非，恩恩怨怨却是灰飞烟灭。名利争夺、打打杀杀都随着历史的车轮销声匿迹。唯一不变的，只是那一道江水。

作者在这里告诫世人要跳出名利，淡漠名利，淡泊一生。作者用低沉的笔调，委婉地道出名利的虚无，既有了道家的出世思想，又表达了作者的清风明月般的胸怀。

《秋日湖上》这首诗浅易近人，文情并茂，诗人既点出了世事如白驹过隙、变幻莫测的道理，也道出了对人生价值观的思考及探索。

宫中题

（唐）李 昂

辇路①生春草，上林②花发时。
凭高③何限意④，无⑤复侍臣⑥知。

注释

①辇路：皇宫中帝王行车的路。
②上林：汉代宫苑名。
③凭高：登高。
④意：思绪。
⑤无：没有。
⑥侍臣：侍，伺候，在旁边陪着；臣，君主时代的官吏，有时也指百姓。侍臣，这里指侍奉帝王的廷臣。

新读

宫中御道好久没走车，已长满春草，
上林苑的鲜花压满枝头，我却无心观赏。
登高远望，思绪遐想无限，
这心思连我的侍臣也不知道。

作者简介

李昂（809年—840年），唐穆宗第二子，本名涵，821年，被封为江王，唐敬宗之弟。

826年，李昂被宦官王守澄等拥立为帝。他是唐朝第十四位皇帝，在位十四年，享年三十二岁。

赏析

这是一首先写景转而直抒胸臆的诗。全诗写得真切曲折，深奥含蓄，用词巧妙，结构严谨，颇具回味，字字有意，句句含情，余意深长。

"辇路生秋草"暗示皇上心情不好，很少出门，路上无人踩踏，草都长满了；其更深层次的意思的是用"秋草"比喻皇宫不景气。

"上林花满枝"表面上是写皇家公园百花盛开，实际是暗示宫中的重要管理机构都被宦官控制起来。

"凭高何限意"是说皇帝尽管至高无上，一旦被控制起来，照样无能为力，没有自由，受到限制。

"无复侍臣知"暗示朝中人事关系复杂，人心难测，真假难辨，就连自己身边的近臣也信不过了，怀疑他们是把持朝政的宦官安插的；或怕他们是势力小人，投靠有权势的宦官，出卖自己。所以，自己的想法不像以前那样再让身边的侍臣知道了，免遭更大的不幸。

这首诗在文字上抓住了宫廷的特点，像上林苑、辇道、侍臣，都是宫廷特有的。宫中题，表现在环境上，也是宫中人生活的写照，写得非常有特色。

寻隐者不遇

（唐）贾 岛

松下[1] 问童子[2]，言[3] 师[4] 采药去。
只在此[5] 山中，云深[6] 不知处[7]。

注释

[1] 松下：松树下。
[2] 童子：指在山上学道的小孩子。
[3] 言：说。
[4] 师：师父，指道者。
[5] 此：这，这里。
[6] 云深：指山深云雾浓。
[7] 不知处：不知道去什么地方了。

新读

苍松下，我向年少的学童询问，
他告诉我师傅已经采药去了山中。
他还说，虽然就在这座大山里，
可是林深云密，不知他的行踪呀！

作者简介

贾岛（779年—843年），唐代诗人，字浪仙，范阳人。早年出家为僧，号无本。后还俗，屡举进士不第。唐文宗时，因遭诽谤，贬长江（今四川蓬溪）主簿。

840年，迁普州司仓参军。843年，在普州去世。贾岛的诗在晚唐形成流派，影响颇大。

赏析

这是一首寓问于答的诗。

首句"松下问童子"，必有所问，而这里把问话省略了，只从童子所答"师采药去"这四个字而可想见当时松下所问是"师往何处去"。

接着，又把"采药在何处"这一问句省掉，而以"只在此山中"的童子答辞，把问句隐括在内。

最后一句"云深不知处"，又是童子答复对方采药究竟在山前、山后、山顶、山脚的问题。

明明三番问答，至少须六句方能表达的，贾岛采用了以答句包含问句的手法，精简为二十字。这种"推敲"就不在一字一句间了。

然而，这首诗的成功，不仅在于简练；单言繁简，还不足以说明它的妙处。诗贵善于抒情。

这首诗的抒情特色是在平淡中见深沉。一般访友，得知他出去了，也就自然扫兴而返了。

但这首诗中，一问之后并不罢休，又继之以二问三问，其言甚繁，而其笔则简，以简笔写繁情，益见其情深与情切。

汾上[1]惊秋

(唐)苏 颋

北风[2]吹白云,万里[3]渡河汾[4]。
心绪逢[5]摇落[6],秋声[7]不可闻。

注释

[1] 汾上:汾水上。汾水为黄河第二支流。
[2] 北风:北方吹来的风,指季节已至深秋。
[3] 万里:一万里,这里指路途遥远。
[4] 河汾:即汾河。
[5] 逢:遭遇。
[6] 摇落:树叶凋零。
[7] 秋声:这里指肃杀的北风。

新读

北风吹卷着白云,
我要渡汾河到万里以外的地方。
心绪伤感惆怅又逢上草木凋零,
再也不愿听到这萧瑟的秋风。

作者简介

苏颋（670年—727年），字廷硕、瑰子。苏颋少年时聪明绝顶，博览群书，且过目不忘。

中进士后，初为乌程县尉，后升监察御史。奉命核查酷吏来俊臣所制造的冤案，大都平反昭雪，升为给事中兼修文馆学士。不久又升为中书舍人，专为皇帝起草手令、诏书、文告等。

716年，苏颋兼修国史，与宋王景同为玄宗宰相。

苏颋著有文集30卷传世，其文辞高妙，与著名文学家封燕国公的张说齐名，号称燕许大手笔。

赏析

这是一首颇具特色的即兴咏史诗。

前二句化用了《秋风辞》的诗意，首句即"秋风起兮白云飞"，次句为"泛楼船兮济河汾"，从而概括地暗示着当年汉武帝到汾阴祭后土的历史往事，同时也令人不难联想到唐玄宗欲效汉武帝的作为。

后二句的"心绪"此处谓愁绪纷乱。"摇落"指萧瑟天气，也以喻指自己暮年失意的境遇，所以说"逢"。

"逢"者，愁绪又加上挫折之谓，暗示出"心绪"并非只是个人的失意。"秋声"即谓北风，其声肃杀，所以"不可闻"。

听了这肃杀之声，只会使愁绪更纷乱，心情更悲伤。这就清楚地表明了前二句所蕴涵的复杂心情的性质和倾向。

蜀道后期[1]

（唐）张 说

客心[2]争[3]日月[4]，来往预[5]期程[6]。
秋风不相待[7]，先至洛阳城。

注释

[1] 蜀道后期：指作者出使蜀地，未能如期归家。
[2] 客心：客居外地者的心情。
[3] 争：比赛。
[4] 日月：太阳和月亮，这里指时间。
[5] 预：事先准备。
[6] 期程：日程。
[7] 待：等待。

新读

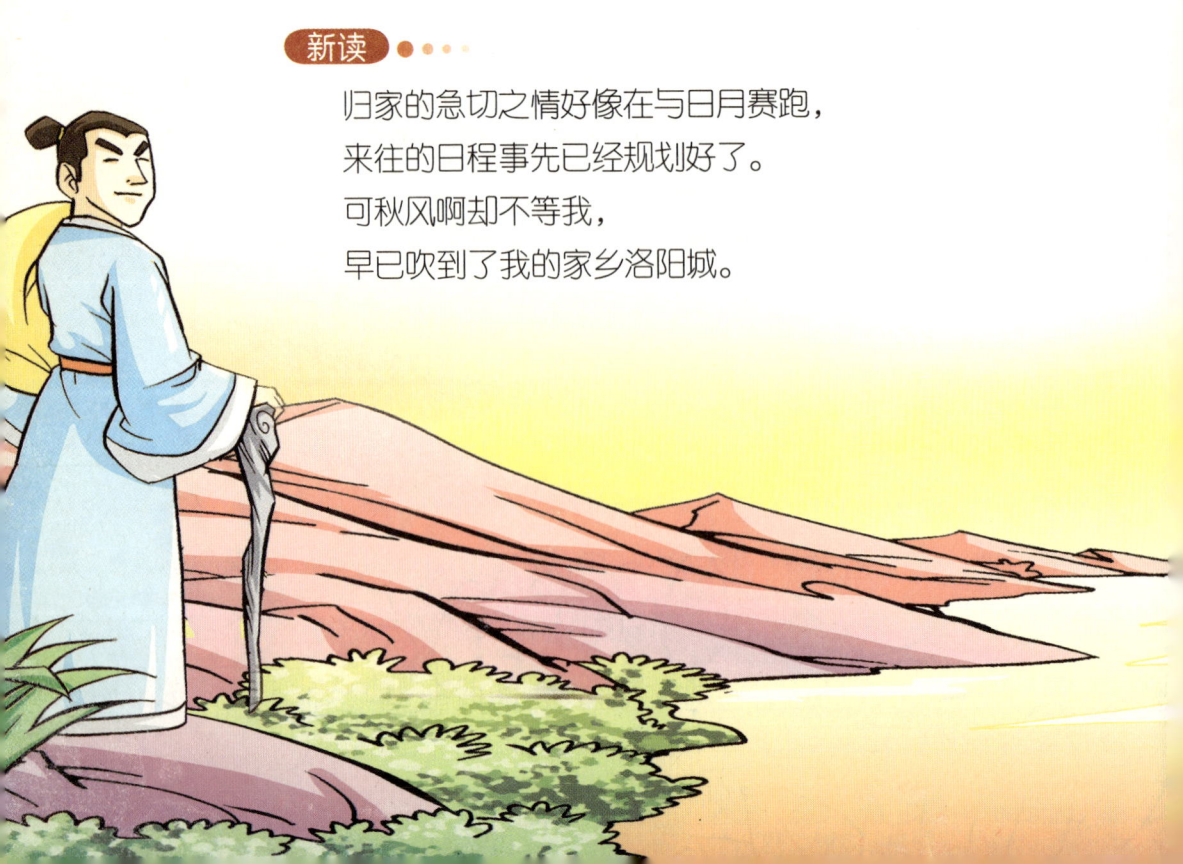

归家的急切之情好像在与日月赛跑，
来往的日程事先已经规划好了。
可秋风啊却不等我，
早已吹到了我的家乡洛阳城。

作者简介

张说（667年—730年），字道济，唐代著名文学家、诗人、政治家。张说"为文俊丽，用思精密，朝廷大手笔，皆特承中旨撰述，天下词人，咸讽诵之"，是当时无人能企及的。

玄宗开元初年，张说因不依附于太平公主，被罢知政事。后任中书令，封燕国公。出为相州、岳州等地刺史，又召还为兵部尚书、同中书门下三品，迁中书令，又授右丞相，至尚书左丞相。卒谥号文贞。与苏颋齐名，掌朝廷制诰著作，人称"燕许大手笔"。

赏析

这是一首状物寓情诗。前两句里的"客心"是旅外游子之心，"争日月"，像同时间进行一场争夺战。这"争"字实在用得好，把处在这种境况下的游子的心情充分表露出来了。

"来往预期程"，是申说自己所以"争日月"的缘故。公府的事都有个时间规定，那就要事先进行准备，作出计划，所以说是"预"。十个字把诗人当时面临的客观情况，心里的筹划、掂量，都写进去了，简练明白，手法很高明。

下文忽然来个大转折："秋风不相待，先至洛阳城。"不料情况突变，原定秋前赶回洛阳的希望落空了。游子之心，当然怅惘。然而诗人却有意把人的感情隐去，绕开一笔，埋怨起秋风来了。诗人对于这次情况的突然变化，确实感到意外，或有点不满，不过他用的是"含蓄"的语言罢了。

静夜思[1]

(唐)李 白

床[2]前明月光,疑[3]是地上霜。
举头[4]望明月,低头思[5]故乡。

> 注释

[1]静夜思:又作:床前看月光,疑是地上霜。举头望山月,低头思故乡。静夜思,即静静的夜里产生的思绪。

[2]床:今有五种说法,一指井台,二指井栏,三指窗,四指坐卧的器具,五为胡床。具体为哪一种,尚无定论。

[3]疑:好像。

[4]举头:抬头。

[4]思:想念。

> 新读

皎洁的月光洒到床前,
迷离中疑是秋霜一片。
仰头观看着明月,
低头思乡浮想联翩。

写作背景

这首诗的写作时间是726年,旧历九月十五日左右。李白时年二十六岁,写作地点在当时扬州旅舍。

在一个月明星稀的夜晚,诗人抬头望天空一轮皓月,思乡之情油然而生,从而写下了这首传诵千古、中外皆知的名诗《静夜思》。

赏析

这是一首在寂静的月夜思念家乡感受的诗。

诗的前两句,是写诗人在作客他乡的特定环境中一刹那间所产生的错觉。"疑是地上霜"中的"疑"字,生动地表达了诗人睡梦初醒,迷离恍惚中将照射在床前的清冷月光误作铺在地面的浓霜。而"霜"字用得更妙,既形容了月光的皎洁,又表达了季节的寒冷,还烘托出诗人漂泊他乡的孤寂凄凉之情。

诗的后两句,则是通过动作神态的刻画,深化思乡之情。"望"字照应了前句的"疑"字,表明诗人已从迷蒙转为清醒,他翘首凝望着月亮,不禁想起,此刻他的故乡也正处在这轮明月的照耀下。

于是自然引出了"低头思故乡"的结句。"低头"这一动作描画出诗人完全处于沉思之中。而"思"字又给读者留下丰富的想象:那家乡的父老兄弟、亲朋好友,那家乡的一山一水、一草一木,那逝去的年华与往事……无不在思念之中。一个"思"字所包涵的内容实在太丰富了。这首小诗,既没有奇特的想象,更没有华美的辞藻;它只是用叙述的语气,写远客思乡之情,然而它却意味深长,耐人寻味,千百年来,如此广泛地吸引着读者。

秋浦歌①

（唐）李 白

白发三千丈②，缘③愁似个④长。
不知明镜里，何处⑤得秋霜⑥。

> **注释**

①秋浦歌：是李白在秋浦时作的组诗，共十七首，这是其中一首。

②白发三千丈：白头发长了三千丈。这里用非常夸张的手法描写头发的长度。

③缘：因为。

④个：这样。

⑤何处：哪里，什么地方。

⑥秋霜：指白发。

> **新读**

满头白发似有三千丈，
仿佛我的忧愁如此之长。
不明白在明亮的镜子里，
什么忧愁使自己白发像秋霜。

写作北景

《秋浦歌》十七首是唐代伟大诗人李白所创作的组诗。李白一生中多次游秋浦，这组五言诗大概是诗人753年漫游至秋浦，逗留期间所写。

组诗内容丰富，艺术高超，尤其是《秋浦歌·白发三千丈》更是脍炙人口。

赏析

这是一首抒情诗。诗人采用浪漫夸张的手法，抒发了自己怀才不遇的苦衷。

首句"白发三千丈"作了奇妙的夸张，似乎不近情理，一个人七尺身躯，而有三千丈的头发，根本不可能。读到下句"缘愁似个长"才豁然明白，因为愁思像这样长。

诗中有形的白发被无形的愁绪所替换，于是这三千丈的白发很自然地被理解为艺术的夸张。

后两句"不知明镜里，何处得秋霜"是说：照着清亮的铜镜，看到自己苍苍白发，简直没法知道自己的头发怎么会变得这样的白。

通过向自己的提问，进一步加强对"愁"字的刻画，抒写了诗人愁肠百结难以自解的苦衷。

"秋霜"代指白发，具有忧伤憔悴的感情色彩。

此时，李白已经五十多岁了，理想不能实现，反而受到压抑和排挤，这怎不使诗人愁生白发，鬓染秋霜呢？

题祀山烽树赠乔十二侍御[1]

(唐)陈子昂

汉庭荣巧宦[2]，云阁[3]薄边功。
可怜骢马使[4]，白首[5]为谁雄[6]。

注释

[1] 侍御：为作者之朋友。侍御：官名。
[2] 汉庭荣巧宦：汉庭，代指朝廷；荣巧宦：以投机钻营获取官位为荣。
[3] 云阁：即云台和麒麟阁，是汉代表彰功臣名将的地方。薄：轻看。
[4] 骢马使：指东汉时的桓典，任侍御史，为官正直，出外常骑骢马，所以人们称他为骢马使。此处代指乔侍御。
[5] 白首：白头，指一生到老。
[6] 雄：卖命。

新读

当朝的官场以投机取巧获得官职为荣耀，
在边疆建立功勋的人却受到轻视。
可怜你这有能力有政绩的乔御史，
勤勉到老又是为谁在做出贡献呢？

作者简介

陈子昂（659年—700年），字伯玉，梓州射洪，即今四川射洪县人。唐代文学家，初唐诗文革新人物之一。

因曾任右拾遗一职，所以后世又称他陈拾遗。其诗风骨峥嵘，寓意深远，苍劲有力，有《陈伯玉集》传世。

赏析

这是一首馈赠朋友的诗。

诗作一方面是对朝政的议论，一方面也是对朋友倾诉自己的忧愁，可以看成是一种告诫，也可以看成是陈子昂在表露自己的骨气，体现他自己的政见。

前两句通过对当时官场"以投机取巧获得官职为荣耀"和"在边疆建立功勋的人却受到轻视"正反两方面的描写，反映了社会的黑暗。

后两句用"骢马使"的典故，以东汉时的桓典一生受不公平待遇的写照，暗喻乔侍御满头白发，辛劳一生，其实并没有得到君主的赏识，甚至就是白忙碌了一辈子，是一种碌碌无为。

这首诗读来最难理解的就是用到的典故，了解了这几个典故的来源，就可以明白诗人所要表达的意思了。

这些典故，很有代表意义，有说服力，在文章里很起到了画龙点睛的效果。

鹿　柴[1]

（唐）王　维

空[2]山不见人，但[3]闻人语响。
返景[4]入深林，复照青苔上。

> **注释**
>
> [1] 鹿柴：地名。柴，也称"寨"。行军时在山上扎营，立木为区落，叫柴；别墅有篱落的，也叫柴。
> [2] 空：诗中为空寂、幽静之意。
> [3] 但：只。
> [4] 返景：夕阳返照的光。景，日光。

> **新读**
>
> 空寂的山谷中看不见人影，
> 却能听到人讲话的声音。
> 落日的余晖反射入幽暗的深林，
> 斑斑驳驳的树影映在青苔上。

写作背景

《鹿柴》是唐代诗人王维的山水诗中的代表作之一，是他隐居辋川时的作品。这首诗描绘了鹿柴附近的空山深林在傍晚时分的幽静景色，充满了绘画的境界，反映了诗人对大自然的热爱和对尘世官场的厌倦。

赏析

这是一首写景的诗。第一句"空山不见人"，先正面描写空山的杳无人迹，似乎平淡无奇，紧接"但闻人语响"，却境界顿出。

"但闻"二字颇可玩味。通常情况下，寂静的空山尽管"不见人"，却非一片静默死寂。啾啾鸟语，唧唧虫鸣，瑟瑟风声，潺潺水响，相互交织，大自然的声音其实是非常丰富多彩的。

三、四句由上幅的描写空山中传语进而描写深林返照，由声而色，深林，本来就幽暗，林间树下的青苔，更突出了深林的不见阳光。寂静与幽暗，虽分别诉之于听觉与视觉，但它们在人们总的印象中，却常属于一类，因此幽与静往往连类而及。

按照常情，写深林的幽暗，应该着力描绘它不见阳光，这两句却特意写返景射入深林，照映在青苔上。读者猛然一看，会觉得这一抹斜晖，给幽暗的深林带来一线光亮，给林间青苔带来一丝暖意，或者说给整个深林带来一点生气。

但细加体味，就会感到，那一小片光影和大片的无边的幽暗所构成的强烈对比，反而使深林的幽暗更加突出。如果说，一、二句是以有声反衬空寂；那么三、四句便是以光亮反衬幽暗。整首诗就像是在绝大部分用冷色的画面上掺进了一点暖色，结果反而使冷色给人的印象更加突出。

答武陵太守[1]

（唐）王昌龄

仗[2]剑行千里，微躯[3]敢[4]一言。
曾为大梁[5]客，不负[6]信陵[7]恩。

注释

[1] 答武陵太守：作者离开武陵，将返金陵，武陵太守设筵相送，作者以诗相谢。

[2] 仗：拿着兵器。

[3] 微躯：微小之躯体，作者自谦之词。

[4] 敢："不敢"的简称，冒昧的意思。

[5] 大梁：战国时魏国都城。

[6] 不负：不辜负。

[7] 信陵：魏国的信陵君曾养大量食客，以礼贤下士闻名于世。

新读

我即将仗剑作千里之行，
渺小的我冒昧地向您说一句话：
我好比在信陵君那里做门客的大梁人，
决不忘记武陵太守您对我的提携之恩。

作者简介

王昌龄（698年—约757年），字少伯，唐京兆长安（今陕西西安）人。公元727年（开元十五年）进士及第，授秘书省校书郎。公元734年（开元二十二年）中博学宏词，授汜水（今河南荥阳县境）尉，再迁江宁丞，故世称王江宁，后遭贬谪。

王昌龄当时曾名重一时，有"诗家夫子王江宁"之称，擅长七绝，被后世称为"七绝圣手"。有《王昌龄集》。

赏析

这是一首"答诗"。古时"答"是一种敬称。王昌龄是武陵田太守的门客，因此辞别的时候就专门写一首"答诗"来做交代。

诗中用典故表露自己的心意。前两句是告辞，说明自己的去向；后两句是表达对太守的谢意和尊敬，或者说是感激和忠实。

诗中的大梁客是诗人用来比喻自己的，后面的"信陵恩"是指田太守对他的恩德。

大梁，战国时魏国的都城。魏国出了一位名垂千古的信陵君，他既是有才能的霸主，又是广纳贤才的爱才之君，因此门客们都很愿意为信陵君效力。

在此诗中，诗人借用信陵君的典故，直抒胸臆，有直接撼动人心的力量。另外，透过没有任何"形似之言"的四个短句，读者也可以看到颇有英雄豪气的诗人形象。

行军九日[1]思长安故园

(唐)岑参

强[2]欲登高[3]去,无人[4]送酒来。
遥[5]怜[6]故园菊,应傍[7]战场开。

注释

[1] 九日:指九月九日重阳节。
[2] 强:勉强。
[3] 登高:重阳节有登高赏菊饮酒,以避灾祸的风俗。
[4] 无人:没有人。
[5] 遥:远远的。
[6] 怜:可怜。
[7] 应傍:应,应该;傍,临近。

新读

重阳节时我勉强登上高处远眺,
适逢战乱,哪里有人会送酒上来?
我心情沉重地远望我的故乡长安,
那艳艳的菊花也许正在战场上开放。

作者简介

岑参（约715年—770年），荆州江陵人。他出身于官僚家庭，自幼从兄学习，遍读经史。其诗歌富有浪漫主义的特色，气势雄伟，想象丰富，色彩瑰丽，热情奔放，尤其擅长七言歌行。

岑参曾两次在边任职，回朝后，他由杜甫等推荐任右补阙，以后转起居舍人等官职。大历元年官至嘉州刺史，世称岑嘉州。以后罢官，客死成都旅舍。

赏析

这是一首思念故乡的诗。

古人在九月九日重阳节有登高饮菊花酒的习俗，首句"登高"二字就紧扣题目中的"九日"。劈头一个"强"字，则表现了诗人在战乱中的凄清景况。

第二句化用陶渊明的典故，是说自己虽然也想勉强地按照习俗去登高饮酒，可是在战乱中，没有像王弘那样的人来送酒助兴。

此句承前句而来，衔接自然，写得明白如话，达到了前人提出的"用典"的最高要求。

第三句开头一个"遥"字，是渲染自己和故园长安相隔之远，而更见思乡之切。作者写思乡，没有泛泛地笼统地写，而是特别强调思念、怜惜长安故园的菊花。

后一句承接前句，设想菊花"应傍战场开"，这样的想象扣住诗题中的"行军"二字，结合安史之乱和长安被陷的时代特点，写得新巧自然，真实形象，使读者仿佛看到了一幅鲜明的战乱图。

江 雪

（唐）柳宗元

千山①鸟飞绝②，万径③人踪④灭。
孤舟⑤蓑笠翁⑥，独钓寒江⑦雪。

注释

① 千山：指群山。
② 绝：断，没有。
③ 万径：径，小路，很多条小路。
④ 踪：脚迹。
⑤ 孤舟：一条小船。
⑥ 蓑笠翁：披蓑衣、戴斗笠的渔翁。
⑦ 寒江：寒冷的江面。

新读

座座山峰，看不见飞鸟的形影，
条条小路，也都没有人们的足迹。
孤舟上，一个穿着蓑衣、戴着笠帽的老渔翁，
在覆盖着茫茫白雪的寒江上垂钓。

作者简介

柳宗元（773年—819年），字子厚，河东，即今山西永济县人。杰出的思想家、散文家。

他的诗歌的成就也很高。

柳宗元世称"柳河东"，与唐代的韩愈、宋代的欧阳修、苏洵、苏轼、苏辙、王安石和曾巩，并称"唐宋八大家"。

赏析

这是一首写景的诗。

开头两句"千山鸟飞绝，万径人踪灭"描写雪景，"千山"和"万径"都是夸张语。山中本应有鸟，路上本应有人，但却"鸟飞绝"、"人踪灭"。

诗人用飞鸟远遁、行人绝迹的景象渲染出一个荒寒寂寞的境界，虽未直接用"雪"字，但读者似乎已经见到了铺天盖地的大雪，已感觉到了凛冽逼人的寒气。这正是当时严酷的政治环境的折射。

三、四两句"孤舟蓑笠翁，独钓寒江雪"，刻画了一个寒江独钓的渔翁形象，在漫天大雪，几乎没有任何生命的地方，有一条孤单的小船，船上有位渔翁，身披蓑衣，独自在大雪纷飞的江面上垂钓。

这个渔翁的形象显然是诗人自身的写照，曲折地表现出诗人在政治改革失败后虽处境孤独，但顽强不屈、凛然无畏、傲岸清高的精神面貌。

题竹林寺

（唐）朱 放

岁月人间促，烟霞此地多。
殷勤[1]竹林寺[2]，更得几回过[3]。

注释

[1] 殷勤：亲切的情意。
[2] 竹林寺：在庐山仙人洞旁。
[3] 过：访问。

新读

人生苦短，岁月匆匆，
这里烟霞缭绕的美景数不胜数。
情深意厚的竹林寺啊！
我一生能有几次来游访啊？

作者简介

朱放（约773年前后在世），字长通，襄州南阳人。唐代诗人。初居汉水滨，后因逃避饥荒隐居剡溪、镜湖间。与女诗人李冶、上人皎然，皆有交情。

大历中，辟为江西节度参谋。786年，诏举"韬晦奇才"，下聘礼，拜左拾遗，辞不就。

朱放著有诗集一卷，《新唐书艺文志》传于世。

赏析

这是一首书写人生感悟的诗。

"岁月人间促"，照句意应为"人间岁月促"，生命十分短的意思。诗里用到了"促"这个字。因为这岁月的催促，诗人难以预料自己还有多少机会能来欣赏美丽的风景，所以用到了"更"这个字。

由于"烟霞此地多"，使作者能饱览美景，所以第三句通过"殷勤"二字，表示谢意。

结句"更得几回过"既表达了对竹林的留恋之情，也抒发了以后很难有机会再来游览的遗憾，与"岁月人间促"隐隐呼应。

前后的呼应用在这里很恰当，既加深了感情的表达力度又使全诗有了整体的美感，很紧凑不拖沓。

可以说，此诗的最长处不是对竹林寺烟霞的描绘，而是这种对感情的描绘方法。

三闾庙[1]

（唐）戴叔伦

沅湘[2]流不尽，屈子怨何深[3]。
日暮秋烟[4]起，萧萧[5]枫树[6]林。

注释

[1] 三闾庙：即屈原庙。屈原曾任三闾大夫，庙在长沙府湖阴县北，即今湖南汨罗县。

[2] 沅湘：指沅江和湘江，沅江、湘江是湖南的两条主要河流。

[3] 屈子怨何深：比喻屈原的怨恨好似沅江湘江深沉的河水一样。

[4] 秋烟：秋风。

[5] 萧萧：风吹树木发出的响声。

[6] 枫树：春季开花的落叶乔木，叶子掌状三裂，秋季变成红色。

新读

沅水、湘水滚滚向前流淌，
屈原遭奸臣陷害，未能报国的痛苦像河水一样深。
日暮黄昏一阵阵秋风吹起，
三闾庙边的枫林一片悲凉声。

作者简介

戴叔伦（732年—789年），字幼公，润州金坛人。唐代诗人。年轻时师事萧颖士。曾任新城令、东阳令、抚州刺史、容管经略使。晚年上表自请为道士。

其诗多表现隐逸生活和闲适情调，但《女耕田行》、《屯田词》等篇也反映了人民生活的艰苦。

其论诗主张"诗家之景，如蓝田日暖，良玉生烟，可望而不可置于眉睫之前"。其诗各种体裁皆有所涉猎，对宋明以后的神韵派和性灵派诗人产生过较大的影响。

赏析

这首诗为凭吊屈原而作。诗人围绕一个"怨"字，以明朗而又含蓄的诗句，抒发对屈原其人其事的感怀。

诗以沅湘开篇，既是即景起兴，同时也是比喻：沅水湘江，江流何似？有如屈子千年不尽的怨恨。第一句之"不尽"，写怨之绵长，第二句之"何深"，表怨之深重。两句都从"怨"字落笔，形象明朗而包孕深广，错综成文而回环婉曲。

后两句，诗人没有写屈子为什么怨，怨什么？而只是描绘了一幅特定的形象的图景，引导读者去思索。江上秋风，枫林摇落，时历千载而三闾庙旁的景色依然如昔，可是，屈子沉江之后，而今却到哪里去呼唤他的冤魂归来？诗人抚今追昔，触景生情，最后一句"萧萧"这一象声叠词的运用，更觉幽怨不尽，情伤无限。

易水[1]送别

（唐）骆宾王

此地别燕丹[2]，壮士发冲冠[3]。
昔时人已没[4]，今日水犹寒[5]。

注释

[1] 易水：在今河北省易县境内。
[2] 燕丹：指战国时期的燕国太子丹。
[3] 壮士发冲冠：壮士，指侠士荆轲；发冲冠，即怒发冲冠，愤怒到头发把帽子都顶起来了，形容愤怒至极。
[4] 昔时人已没：荆轲受燕丹的重托，到秦国刺秦王嬴政，临行时，燕丹等人在易水为荆轲送行。荆轲唱着"风萧萧兮易水寒，壮士一去兮不复还"的歌，与众人诀别。后来刺杀秦王未遂而被杀。
[5] 水犹寒：犹，还。水还是那样寒冷。

新读

当年荆轲和燕太子丹在此诀别，
壮士悲歌壮气，怒发冲冠。
昔时的侠士已经不在了，
然而今天的易水还是那样的寒冷。

作者简介

骆宾王（约619年—687年），字观光，婺州义乌人。唐代诗人。他在唐朝初期与王勃、杨炯、卢照邻合称"初唐四杰"。同时，他又与富嘉谟并称"富骆"。

骆宾王的一生，有着两条明显不同的发展轨迹。作为一位作家，他从七岁咏鹅，到齐鲁闲居写下的大量隐逸诗，再到从军路上写的边塞诗，成就和声誉直线上升，一浪高似一浪，在唐初人才济济的文坛上，技压群芳，稳居盟主的地位，可以说是一帆风顺。但作为一个官吏，骆宾王在政治上却处处遭受挫折。

赏析

从诗题上看，这是一首送别诗，但是，从诗的内容上看，这又是一首咏史诗。

前两句通过咏怀古事，写出了诗人送别友人的地点。此地指易水，易水源自河北易县，是战国时燕国的南界。

壮士指荆轲，这位轻生重义、不畏强暴的社会下层英雄人物，千百年来一直活在人们的心中，受到普遍的尊敬和爱戴。

"昔时人已没，今日水犹寒"两句，是怀古伤今之辞，抒发了诗人的感慨。

昔时人即指荆轲，荆轲至秦庭，以匕首击秦王未中被杀。

这两句诗是用对句的形式，一古一今，一轻一重，一缓一急，既是咏史又是抒怀，充分肯定了古代英雄荆轲的人生价值，同时也倾诉了诗人的抱负和苦闷，表达了对友人的希望。

夜宿山寺

（唐）李　白

危楼[1]高百尺[2]，手可摘星辰[3]。
不敢高声语[4]，恐[5]惊[6]天上人[7]。

注释

[1] 危楼：高楼，这里指建筑在山顶的寺庙。
[2] 百尺：虚指，不是实数，这里形容楼很高。
[3] 星辰：天上的星星统称。
[4] 语：说话。
[5] 恐：恐怕。
[6] 惊：惊吓。
[7] 天上人：指住在天上的神仙。

新读

山上寺院的楼多么高啊！
仿佛伸手能摘天上的星星。
我都不敢大声说话，
恐怕惊动天上的神仙。

写作背景

诗人李白夜宿深山里面的一个寺庙,发现寺院后面有一座很高的藏经楼,于是他登了上去。凭栏远眺,星光闪烁,李白诗性大发,写下了这一首短诗。

赏析

这是一首记游写景的诗。"危楼高百尺"正面描绘寺楼的峻峭挺拔、高耸入云。

开篇一个"危"字,倍显突兀醒目,与"高"字在同句中的巧妙组合,将山寺屹立山巅、雄视寰宇的非凡气势淋漓尽致地描摹了出来。

"手可摘星辰"以极其夸张的手法来烘托山寺之高耸云霄。字字将读者的审美视线引向星光灿烂的夜空。诗人这样写,非但没有"高处不胜寒"的感慨,反给人旷阔感,以星夜的美丽引起人们对高耸入云的"危楼"的向往。

后两句,"不敢"写出了诗人夜临"危楼"时的心理状态,从"不敢"与深"怕"的心理中,读者完全可以想象到"山寺"与"天上人"的相距之近,这样,山寺之高也就不言自明了。

诗人用夸张的艺术手法,描绘了山寺的高耸,给人以丰富的联想。

这首诗语言自然朴素,形象逼真。

诗人借助大胆想象,渲染山寺之奇高,把山寺的高耸和夜晚的恐惧写得非常传神,从而将一座几乎不可想象的宏伟建筑展现在读者面前,给人以身临其境的真实感觉。

别卢秦卿

（唐）司空曙

知有前期[1]在，难分此夜中。
无将[2]故人酒，不及石尤风[3]。

注释

[1] 前期：约好再见面的日期。
[2] 无将：无，不要；将，使。
[3] 石尤风：也叫打头风。传说古代有位姓尤的商人娶了姓石的女子为妻。石氏多次阻止丈夫外出经商不能。石氏思念丈夫而死。临死前许愿：死后要变成大风，阻止商船前行，让天下的妻子能与丈夫在一起。此后，凡船行水中遇到迎面逆风，使船难以行进，称为石尤风。

新读

送别时，我们已约好再相会的日期，
然而在这离别之夜，还是难舍难分。
老朋友呀！我挽留你的这杯酒，
难道还不如阻挡你船行的石尤风吗？

作者简介

司空曙（约720年—790年），字文初，广平人，即今河北人。唐代诗人，大历十才子之一。曾举进士，为剑南节度使幕府，官水部郎中。

其诗朴素真挚，情感细腻，多写自然景色和乡情旅思，长于五律。诗风闲雅疏淡。

赏析

这是一首送别诗。送别是古代人生活中的常事，故而也成了古诗中屡写不衰的题材，但这首诗却能翻出新意，别具一格。"知有前期在，难分此夜中。"离别时，我们已约好再相会的日期，但此夜之别，仍然难分难舍。

这不仅将难分之情表现得更为感人，而且这么一口说出后会之事，也逼得对方毫无回旋余地，只能被这种"人情"所压倒。

"无将故人酒，不及石尤风"末句收得平淡，然而借酒发挥之辞，却非同寻常。这两句意思是说逆风尚且能滞客留人，你可不要使"故人酒"反不及一阵打头的逆风！

这里连用两个否定句式，造成对比、递进的语势，使言辞变得激切有力，气势逼人，而又情韵浓烈，直令人无言以对。

诗人设想之妙，言辞之巧，皆出自难分之情，留客之意，主人如此多情，客人是不忍推，也不能推的，那结果大概只能是宾主一杯又一杯，杯酒情胜石尤风，一醉方休了。

古人送别诗一般将"后会之期"置于诗后描写，司空曙这首诗则一反常态，将"后会之期"置于篇首，造成一种突兀奇崛之势，把人类难别难分之情表现得深婉曲折，动人心魄。

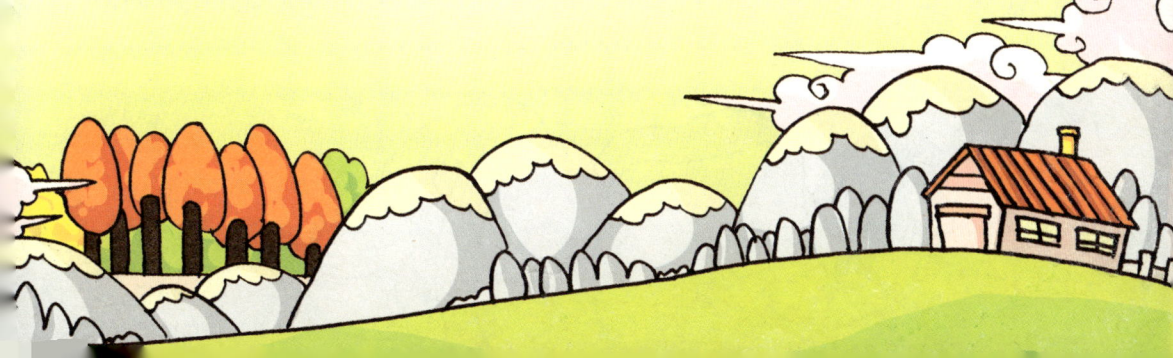

答 人[1]

(唐) 太上隐者

偶来松树下,高枕石头眠[2]。
山中无历日[3],寒尽[4]不知年[5]。

注释

[1] 答人:此诗是太上隐者回答别人的问话。此隐者居终南山。
[2] 高枕石头眠:意思是高枕无忧地枕着石头睡觉。
[3] 历日:日历。
[4] 寒尽:冬天已经过去了。
[5] 不知年:不知道是哪年哪月。

新读

偶然来到深山的松树下游玩,
累了就用石作枕,无忧无虑地睡上一觉。
山中哪有记载年月时令的历书,
冬去春来,也不知道是哪年哪月了。

作者简介

太上隐者，唐代的隐士，隐居于终南山。姓名及生平不详。

唐时道教流行，此诗作者大约是其皈依者。据《古今诗话》载，这位隐者的来历为人所不知，曾有好事者当面打听他的姓名，他也不答，却写下这首诗。

赏析

这是一首答问诗。诗人以自己的隐居生活和山中的节气变化，向人们展示了一位不食人间烟火的隐士形象。

前两句不像是在"答人"，倒有点像传神的自题小像。"偶来"，其行踪显得非常自由无羁，不可追蹑。"高枕"，则见其恬淡无忧。"松树"、"石头"，设物布景简朴，却富于深山情趣。

在这"别有天地非人间"的大山中，如同生活在想象中的远古社会，"寒尽"二字，就含四时成岁之意。而且它还进了一步，虽知"寒尽"岁暮，却又"不知年"。

这里当含有两层意思：一层是从"无历日"演绎而来，意即"不解数甲子"；二层是不知今是何世之意，就像《桃花源记》的"不知有汉，无论魏晋"一样。

可见，诗中人不但在空间上独来独往，在时间上也是无拘无束的。到这里，"太上隐者"的形象已有呼之欲出之感。

绝 句

(唐)杜 甫

迟日[1]江山丽, 春风花草香。
泥融[2]飞燕子, 沙暖[3]睡鸳鸯[4]。

注释

[1] 迟日：春天日渐长。
[2] 泥融：这里指泥土滋润。
[3] 沙暖：温暖的沙窝。
[4] 鸳鸯：一种水鸟，雌雄成对生活在水边。

新读

春天的太阳普照着秀丽的山河，
百花和芳草发出醉人的芳香；
冻土融化，燕子正繁忙地衔泥筑巢，
日丽沙暖，鸳鸯在溪边静睡不动。

作者简介

杜甫（712年—770年），字子美，河南巩县人。与李白并称"李杜"。盛唐时期伟大的现实主义诗人。代表作有《三吏》、《三别》等。初唐诗人杜审言之孙。

唐肃宗时，官左拾遗。后入蜀，友人严武推荐他做剑南节度府参谋，加检校工部员外郎。故后世又称他杜拾遗、杜工部。他忧国忧民，人格高尚，一生写诗一千五百多首，诗艺精湛，被后世尊称为"诗圣"。

由于经历了唐代由盛到衰的过程。因此与诗仙李白相比，杜甫更多的是对国家的忧虑及对老百姓的困难生活的同情，他所写的诗，全方位反映了安史之乱前后唐王朝的社会面貌，被人称为"诗史"。

赏析

这是一首写景诗。此诗抓住景物特点写春色，画面优美，格调柔和，很能引发读者的喜春之情。

前两句诗人以"迟日"领起全篇，突出了春天日光和煦、万物欣欣向荣的特点，并使诗中描写的物象有机地组合为一体，构成一幅明丽和谐的春色图。

这二句的"迟日"、"江山"、"春风"、"花草"组成了一幅粗线勾勒的大场景，并在句尾以"丽"、"香"突出诗人强烈的感觉。

后二句则是工笔细描的特定画面，既有燕子翩飞的动态描绘，又有鸳鸯慵睡的静态写照。

飞燕的繁忙蕴涵着春天的勃勃生机，鸳鸯的闲适则透出温柔的春意，一动一静，相映成趣。而这一切全沐浴在煦暖的阳光下，和谐而优美，确实给人以春光旖旎之感。

春宿[1]左省

（唐）杜 甫

花隐掖垣暮[2]，啾啾栖鸟过。
星临万户动，月傍九霄多。
不寝听金钥，因风想玉珂。
明朝有封事[3]，数问夜如何。

注释

[1] 宿：值晚班。
[2] 花隐掖垣暮：掖垣，宫殿旁的墙壁。晚上，花儿隐藏在宫墙之内。
[3] 封事：向皇帝奏事的人封上奏折以上呈。

新读

晚上，花枝掩在宫殿墙垣之中，
投林栖息的鸟儿"啾啾"鸣叫而过。
群星闪耀，皇宫的千门万户也似乎在闪动，
皓月当空，高耸的宫殿越显明亮。
夜值不睡，谛听宫门的声音，
风吹檐铃，想起百官上朝的马铃声。
明天上朝有奏本上呈，多次询问天亮了没有。

写作背景

757年9月，唐军收复了被安史叛军所控制的京师长安；10月，唐肃宗自凤翔还京，杜甫仍任左拾遗。左拾遗掌供奉讽谏，大事廷诤，小事上封事。

这首作于758年的五律，描写作者上封事前在门下省值夜时的心情，表现了他居官勤勉，尽职尽忠，一心为国的精神。

赏析

这是一首借景抒情诗。前两句描绘开始值夜时"左省"的景色。写花、写鸟是点"春"；"花隐"的状态和"栖鸟"的鸣声是傍晚时的景致，是诗人值宿开始时的所见所闻，和"宿"相关联；两句字字点题，一丝不漏，很能见出作者的匠心。

"星临万户动，月傍九霄多。"两句由暮至夜，写夜中之景。这两句描绘生动传神，不仅把星月映照下宫殿巍峨清丽的夜景活画出来了，并且寓含着帝居高远的颂圣味道，虚实结合，形神兼备，语意含蓄双关。

"不寝听金钥，因风想玉珂。"这联描写夜中值宿时的情况，表现了诗人勤于国事，唯恐次晨耽误上朝的心情。

"明朝有封事，数问夜如何？"最后两句交代"不寝"的原因，继续写诗人宿省时的心情：第二天早朝要上封事，心绪不宁，所以好几次讯问到了什么时辰。

这首诗叙述详明而富于变化，描写真切而生动传神，体现了杜甫律诗结构既严谨又灵动，诗意既明达又蕴藉的特点。

送友人

(唐)李 白

青山横北郭[1],白水绕东城。
此地一为别,孤蓬[2]万里征。
浮云游子意,落日故人情。
挥手自兹去[3],萧萧班马鸣。

注释

[1] 北郭:北城门外。

[2] 孤蓬:蓬是一种草,枯后断根,遇风吹散,飞转无定。此处孤蓬喻孤独远行的友人。

[3] 自兹去:从此离开。兹:此,现在。

新读

北城门外青山横亘,东城之外白水环绕。
在此地你我分别,你像孤蓬一样万里漂泊。
空中的白云漂浮不定,仿佛你行无定踪的心绪,
即将落山的太阳不忍沉没,亦似我对你的依恋之情。
彼此挥手,从此别离;萧萧马鸣,不忍分别。

作品简评

　　李白这首送别诗写得情深意切，却境界开朗；对仗工整，而自然流畅。青山、白水、浮云、落日，构成高朗阔远的意境。

赏析

　　这是一首充满诗情画意的送别佳作。友人将要上路远行了。诗人与友人策马并辔而行，送了一程又一程，已经到了城外，依然难舍难分。

　　前两句交代出了告别的地点："青山"、"白水"，"北郭"、"东城"。"横"字勾勒青山的静姿，"绕"字描画白水的动态，用词准确而传神。

　　"此地一为别，孤蓬万里征"，意思就是此地一别，离人就要像蓬草那样随风飞转，到万里之外去了。此二句表达了对朋友漂泊生涯的深切关怀。落笔如行云流水，舒畅自然，不拘泥于对仗，别具一格。

　　"浮云游子意，落日故人情"，诗人巧妙地用"浮云"、"落日"作比，来象征友人行踪不定，夕阳不忍遽然离开大地的依依惜别的心情。

　　"挥手自兹去，萧萧班马鸣。"送君千里，终须一别。"挥手"，是写了分离时的动作，诗人内心的感受没有直说，只写了"萧萧班马鸣"的动人场景。

　　那两匹马仿佛懂得主人心情，也不愿脱离同伴，临别时禁不住萧萧长鸣，似有无限深情。李白化用古典诗句，用一个"班"字，便翻出新意，烘托出缱绻情谊。

寄左省杜拾遗

(唐)岑 参

联步趋[1]丹陛[2],分曹[3]限紫微。

晓随天仗入,暮惹御香归。

白发悲花落,青云羡鸟飞。

圣朝无阙事[4],自觉谏书稀。

注释

[1] 趋:小步而行,表示上朝时的敬意。
[2] 丹陛:宫殿前涂红漆的台阶。
[3] 曹:官署。
[4] 阙事:补阙和拾遗都是谏官,阙事指讽谏弥补皇帝的缺失。

新读

我和你同步走上朝廷,
分属两个官署而站立在两边。
早上随着皇上的仪仗队上朝,
黄昏染着御香炉中的馨香回来。
我头发花白,悲叹花已落去,
远望青天,羡慕那些飞鸟。
如今皇帝圣明而没有缺憾之事,
自然感觉到劝谏的奏折少了。

写作背景

诗题中的"杜拾遗",即杜甫。岑参与杜甫在757年至758年初同仕于朝;岑任右补阙,属中书省,居右署;杜任左拾遗,属门下省,居左署,故称"左省"。"拾遗"和"补阙"都是谏官。岑、杜两人,既是同僚,又是诗友,这是他们的唱和之作。

赏析

这是一首唱和诗。

诗人在前四句叙述了与杜甫同朝为官的生活境况。从表面看,诗中好像是在炫耀朝官的荣华显贵;但揭开"荣华显贵"的帷幕,却使读者看到另外的一面:朝官生活的空虚、无聊。这对于立志为国建功的诗人来说,不能不感到由衷的厌恶。

五、六两句,诗人直抒胸臆,向老朋友吐露内心的悲愤,抒发了诗人对时事和身世的无限感慨。

诗的结尾两句,是全诗的高潮。阙事,指缺点、过错。有人说这两句是吹捧朝廷,倘若真是这样,诗人就不必"悲花落"、"羡鸟飞",甚至愁生白发。

这"圣朝无阙事",是诗人愤慨至极,故作反语;与下句合看,既是讽刺,也是揭露。一个"稀"字,反映出诗人对文过饰非、讳疾忌医的唐王朝失望的心情。

这首诗,采用的是曲折隐晦的笔法,寓贬于褒,绵里藏针,表面颂扬,骨子里感慨身世遭际和倾诉对朝政的不满。用婉曲的反语来抒发内心忧愤,使人有寻思不尽之妙。

终南山[1]

(唐)王 维

太乙[2]近天都,连山到海隅[3]。
白云回望合,青霭[4]入看无。
分野中峰变,阴晴众壑殊[5]。
欲投人处宿,隔水问樵夫。

注释

[1] 终南山:又名中南山或南山,即秦岭。
[2] 太乙:又名太一,秦岭之一峰。
[3] 海隅:海边。终南山并不到海,此为夸张之词。
[4] 青霭:山中的岚气。霭:云气。
[5] 众壑殊:众,多;壑,深谷,深沟;殊,不同。

新读

终南山接近京城长安,
崇山峻岭相连一直到海边。
四处观望,白云缭绕,聚合不散,
远处青青的烟云,忽隐忽现。
地域的分野在主峰成为分界,
向阳与背阴的山峰山谷各不相同。
想到有人居住的地方投宿,
隔着流水询问砍柴的樵夫。

作品简评

艺术创作，贵在以个别显示一般，以不全求全。作为诗人兼画家的王维，很懂得此中奥秘，因而能用只有四十个字的一首五言律诗，为偌大一座终南山传神写照。作者以游踪为线索，以时空变化为顺序，对终南山进行了传神的描绘。

赏析

这是一首写景诗。

前两句先用夸张的手法勾画了终南山的总轮廓。从平地遥望终南，其顶峰与天连接，从长安遥望终南，西边望不到头，东边望不到尾。用"连山接海隅"写终南远景，虽夸张而愈见真实。

第二联写近景，诗人身在终南山中，朝前看，白云弥漫，看不见路；回头看，分向两边的白云又合拢来，汇成茫茫云海。这种奇妙的境界，凡有游山经验的人都并不陌生，然而除了王维，又有谁能够只用五个字就表现得如此真切呢？

第三联首联写出了终南山的高和从西到东的远，这是从山北遥望所见的景象。

所谓"阴晴众壑殊"，当然不是指"东边日出西边雨"，而是以阳光的或浓或淡、或有或无来表现千岩万壑千形万态。

最后两句，"欲投人处宿"，"我"还要留宿山中，明日再游，诗人从"隔水"的树林里欣然发现砍柴的樵夫，既有"樵夫"，则知不太遥远的地方必然有"人处"，因而问何处可以投宿，"樵夫"口答手指、诗人侧首遥望的情景，就不难想见了。

送杜少府之任蜀州

（唐）王 勃

城阙①辅三秦，风烟望五津②。
与君离别意，同是宦游③人。
海内存知己，天涯若比邻。
无为在歧路④，儿女共沾巾。

注释

① 城阙：指唐代都城长安。
② 五津：四川境内长江的五个渡口。
③ 宦游：出外做官。
④ 歧路：岔路。古人送行常在大路分岔处告别。

新读

古代三秦之地，拱护长安城垣宫阙；
风烟滚滚，望不到蜀州岷江的五津。
与你握手作别时，彼此间心心相印；
你我都是远离故乡、出外做官之人。
四海之内，只要有你这唯一的知己；
不管远隔天涯海角，都像在一起。
请别在分手的岔路上，伤心地痛哭；
像多情的少年男女，彼此泪落沾衣。

作者简介

王勃（650年—676年），字子安，绛州龙门人，即今山西河津人。年少时博学多才，有"神童"之称。王勃十五岁参加科举考试，授朝散郎。后因事免官，其父亦受累贬交趾令。王勃在赴交趾省亲时，渡海堕水，受惊而死。

王勃的诗清新流畅，质朴自然，是新旧诗风过渡的标志。

赏析

这是一首送别诗。

前两句写送别之地长安被辽阔的三秦地区所"辅"，突出了雄浑阔大的气势。第二句点出友人"之任"的处所，是在风烟迷蒙的蜀地。诗人巧用一个"望"字，将秦蜀二地联系起来，好似诗人站在三秦护卫下的长安，遥望千里之外的蜀地，这就暗寓了惜别的情意。

二联诗人劝慰友人：我和你都是远离故土、宦游他乡的人，离别乃常事，何必悲伤呢？

第三联把前面淡淡的伤离情绪一笔荡开，诗人设想别后：只要我们声息相通，即使远隔天涯，也犹如近在咫尺。

最后一联慰勉友人不要像青年男女一样，为离别泪湿衣巾，而要心胸豁达，坦然面对。足见情深意长，同时，全诗气氛变悲凉为豪放。

这首诗四联均紧扣"离别"起承转合，诗中的离情别意及友情，既得到了展现，又具有深刻的哲理、开阔的意境、高昂的格调，是古代送别诗中的极品。

登兖州[1]城楼

（唐）杜 甫

东郡趋庭[2]日，南楼纵目初。

浮云连海岱[3]，平野入青徐[4]。

孤嶂秦碑在，荒城鲁殿馀。

从来多古意，临眺独踌躇。

注释

[1] 兖州：唐州名，即今山东省。
[2] 东郡趋庭：到兖州看望父亲。
[3] 海岱：东海、泰山。
[4] 青徐：青州、徐州。

新读

在来兖州看望我父亲时，
初次登上城楼放眼远眺。
白云连接着东海和泰山，
无边原野直入青州和徐州。
秦皇石碑像高高的山峰屹立，
灵光殿只剩下一片荒芜城池。
我从来就有怀古伤感之情，
独自远眺徘徊，心中感慨万千。

写作背景

这首诗和《望岳》同是杜甫第一次游齐赵时所作。作者当时到兖州省视父亲而咏兖州南楼。此诗是杜甫现存最早的一首五律。

明朝著名学者、诗人和文艺批评家胡应麟对杜甫的这首诗进行了高度的评价："唯工部之作，气象嵬峨，规模宏远，当其神来境诣，错综幻化，不可端倪，千古以还，一人而已。"

他说这首诗意旨宏远，气象巍峨，从古至今，也没有人能超越他。

赏析

这是一首写景咏史诗。

前两句点出登楼的原由。杜甫父亲杜闲这时做兖州司马，他来省视，也就是"趋庭"。

第二联写登楼纵目所见远景。白云连接着东海和泰山，无边原野直入青州和徐州。

第三联写登楼纵目时所见古迹。秦皇石碑像高高的山峰屹立，鲁恭王修的灵光殿只剩下一片荒芜的城池。

最后一联是全文的总结。"古意"，伤古的意绪。"临眺"与上面的"纵目"照应。凭高怀古，所以，不免踌躇惆怅。

整篇诗都写的是登楼的所见所闻，"海岱"、"青徐"属远景，所以用"纵目"二字引起。"秦碑"、"鲁殿"属近景，所以用"临眺"二字作结。

以上下四句分成两部分。元代著名作家赵汸评价这首诗时说：三四句写景，意境宏阔，俯仰千里。五六句写史，上下千年。从一首小诗就能看出作者抱负非凡。

醉后赠张九旭[1]

（唐）高　适

世上漫[2]相识，此翁殊不然。

兴来书自圣，醉后语尤颠。

白发老闲事[3]，青云在目前。

床头一壶酒，能更几回眠[4]。

注释

[1] 张九旭：唐代著名书法家。

[2] 漫：随便。

[3] 闲事：无事。

[4] 几回眠：几回醉。

新读

世上的人随便交朋友，
而这位老人却不这样。
兴致一来书法自然天成，
醉酒之后语言尤其豪放癫狂。
头发白了而恬然自乐，不问他事；
眼睛里只有天上自由漂浮的白云。
床头上放着一壶酒，
人生能有几回醉呢！

作者简介

高适（700年—765年），字达夫，一字仲武，渤海蓝（今河北沧县）人，居住在宋中（今河南商丘一带）。安史之乱爆发后，任侍御史，谏议大夫。

肃宗时，历任淮南节度使，蜀、彭二州刺史，西川节度使，大都督府长史等职。代宗时官居散骑常侍，封渤海县侯。高适为著名的边塞诗人，与岑参并称"高岑"。其诗直抒胸臆，不尚雕饰，笔力雄健，气势奔放，洋溢着盛唐时期所特有的奋发进取、蓬勃向上的时代精神。有《高常侍集》。

赏析

这首诗是赠张旭之作，因张旭排行第九，故称张九旭。

第一联说世上很多人即使天天见面，给人的印象也不深，而张旭这个人却不一样。"翁"，是对张旭的尊称，一句话使张旭的形象如高峰突起，给人以强烈印象。

第二联写说张旭在酒醉兴来之时，书法就会达到超凡入圣的境界，言语也更加狂放不羁，一副天真情态。诗中表现了对张旭书法、性格的由衷的赞美。

第三联写得十分传神，读者仿佛看到一位白发垂垂、和蔼可亲的老者，不问世事，一身悠闲，轻松自得。正因为不乐仕进，具有隐者的风度和情怀，才能在书法艺术上取得不同流俗的极高的成就。

第四联意思略带调侃，但又极有分寸，包涵着丰富的意蕴。一方面，表现张旭平时经常醉眠，形象更为生动可爱。

另一方面，诗人在老前辈面前竟然开起玩笑来，这位老前辈的豁达可亲自然可以想见，而诗人自己的天真发问，也愈显得醉态淋漓。

宿云门寺[1]阁

（唐）孙 逖

香阁[2]东山下，烟花象外幽。

悬灯千嶂夕，卷幔五湖秋。

画壁馀鸿雁，纱窗宿斗牛[3]。

更疑天路近，梦与白云游。

注释

[1] 云门寺：在浙江绍兴的云门山。
[2] 香阁：指云门寺。
[3] 斗牛：指斗星宿和牛星宿。此处形容云门寺之高。

新读

云门寺坐落在东山之下，烟雾缭绕，
山花盛开，幽静而超凡脱俗。
夜里阁上悬灯高照，映照着千山万壑，
山风卷起幔帐，如五湖秋风吹来。
壁画中几只大雁，睡在阁中的纱窗下，
好像与星星为邻。
好似上天的路就在眼前，
我梦中驾着白云在天上遨游。

作者简介

孙逖（696年—761年），唐朝大臣、史学家。今东昌府区沙镇人。自幼能文，才思敏捷。

722年，经崔日用推荐，升为左拾遗。不久，又升为考功员外郎。孙逖居职八年，还曾任刑部侍郎、太子左庶子、少詹事等职。

赏析

这是一首感怀诗。

第一联以写意的笔法，勾勒出云门寺的一幅远景。首句点出云门寺的所在，次句写出寺的环境氛围。

这两句诗于写景之中兼寓叙事：云门寺尚在远方，诗人此时还在投宿途中。

第二联写的是到达宿处后凭窗远眺的景象。这两句对偶工稳，内蕴深厚，堪称是篇中的警策。

"悬灯"、"卷幔"正是入夜时初到宿处的情状：点燃宿处油灯，卷起久垂的帷帘，观赏起窗外的夜色。

第三联紧承"悬灯"和"卷幔"，写卧床环顾时所见。两句分别写出云门寺"高"与"古"的特色。

第四联写入梦后的情景。终于，诗人坠入了沉沉的梦乡："更疑"句直承"纱窗"句，因有斗牛临窗的情景，才引出云门寺地势高峻、犹如与天相近的联想，因而在夜间竟做起驾着白云凌空遨游的梦来。"疑"字用疑似的口气将似有若无的境界说出，朦胧恍惚，真有梦境之感。

临洞庭上张丞相[1]

（唐）孟浩然

八月湖水平，涵虚[2]混太清[3]。

气蒸云梦泽，波撼岳阳城。

欲济无舟楫，端居耻圣明。

坐观垂钓者，徒有羡鱼情[4]。

注释

[1] 张丞相：指张九龄。
[2] 涵虚：包含天空，指天倒映在水中。
[3] 混太清：与天混成一体。
[4] 羡鱼情：《淮南子·说林训》中记载："临渊而羡鱼，不若归家织网。"这句仍是表示作者希望入仕，企盼有人引荐。

新读

八月洞庭湖水盛涨浩渺无边，
水天含混迷迷茫茫接连太空。
云梦二泽水气蒸腾白雾茫茫，
波涛汹涌似乎把岳阳城撼动。
我想渡水苦于找不到船与桨，
圣明时代闲居委实羞愧难容。
闲坐观看别人临湖专心垂钓，
只能白白羡慕别人捕鱼成功。

写作背景

这首诗是孟浩然希望有人援引他入仕从政的自荐信。诗人托物抒怀，曲笔擒旨，于浩淼阔大、汹涌澎湃的自然之景中流露了渴求的心声。该诗含蓄委婉，独标风韵。

赏析

这是一首"干禄"诗。所谓干禄，即是向达官贵人呈献诗文，以求引荐录用。733年，张九龄为丞相，作者西游长安，以此诗献之，以求录用。

第一联描写洞庭湖全景。八月秋高气爽，浩阔无垠的湖水轻盈荡漾，烟波浩渺。远眺碧水蓝天，上下浑然。一个"混"字写尽了"秋水共长天一色"的雄浑壮观，表现了一种汪洋恣肆、海纳百川的意境。

第二联描写湖水声势。写云梦泽水汽蒸腾，岳阳城受到洞庭湖波涛的摇撼。句式对仗工整，意境灵动飞扬，表现出大气磅礴的气势。一个"蒸"字写出了云蒸霞蔚、龙腾虎跃、万马奔驰之势；一个"撼"字，笔力千钧，如同巨澜飞动、"惊涛拍岸，卷起千堆雪"的场景，然而，"岳阳城"又被壮阔的湖水所拥抱。

第三联采用类比的手法，先说诗人自己本想渡过洞庭湖，却缺少舟和桨，后一句中一个"耻"字，道出躬逢盛世却隐居无为、实在感到羞愧的心情。

第四联化用典故喻指诗人空有出仕从政之心，却无从实现这一愿望，表达了诗人既慕清高又想求仕而难以启齿的复杂心理。总之，诗人那种有志难酬、不得已而为之的难言之情"逸"于言表。

过香积寺

(唐)王 维

不知香积寺[1],数里入云峰。
古木无人径,深山何处钟。
泉听咽危石,日色冷青松。
薄暮空潭曲,安禅制毒龙。

注释

[1] 香积寺:故址在今陕西长安县南。

新读

不知道香积寺在哪里,
走了数十里路见到云雾缭绕山峰。
古木参天没有人走的路径,
深山之中传来了寺庙的钟声。
山泉流过高险的山石发出幽咽的声音,
树木葱郁连照到松树上的日光也有寒意。
黄昏时的潭中现在空无所有,
可见高僧安禅可以制伏毒龙。

作品简评

这首诗，诗人以沉湎于佛学的恬静心境，描绘山林古寺的幽邃环境，从而造成一种清高幽僻的意境。王维在这首诗里是把"晚年惟好静"的情趣融化到所描写的景物中去了。因此最后"安禅制毒龙"，便是诗人心迹的自然流露。

赏析

这是一首写游览的诗。第一联正面写人入云峰，实际映衬香积寺之深藏幽邃。还未到寺，已是如此云封雾罩，香积寺之幽远可想而知矣。

第二联是写诗人在深山密林中的目见和耳闻。古树参天的丛林中，杳无人迹；忽然又飘来一阵隐隐的钟声，在深山空谷中回响，使得本来就很寂静的山林又蒙上了一层迷惘、神秘的情调，显得越发安谧。

第三联，仍然意在表现环境的幽冷，但手法和上二句不同，写声写色，逼真如画，堪称名句。诗人以倒装句，突出了入耳的泉声和触目的日色。

第四联写诗人涉荒穿幽，直到天快黑时才到香积寺，看到了寺前的水潭。暮色降临，面对空阔幽静的水潭，看着澄清透彻的潭水，再联系到寺内修行学佛的僧人，诗人不禁想起佛教的故事：在西方的一个水潭中，曾有一毒龙藏身，累累害人。佛门高僧以无边的佛法制伏了毒龙，使其离潭他去，永不伤人。

佛法可以制毒龙，亦可以克制世人心中的欲念啊。

咏 柳

(唐)贺知章

碧玉[1]妆[2]成一树[3]高,
万条垂下绿丝绦[4],
不知细叶谁裁[5]出,
二月[6]春风似剪刀。

注释

[1] 碧玉:碧绿色的玉。这里用以比喻春天嫩绿的柳叶。
[2] 妆:装饰,打扮。
[3] 一树:满树。一,满,全。在中国古典诗词和文章中,数量词在使用中并不一定表示确切的数量。下一句的"万",就是表示很多的意思。
[4] 丝绦:丝线编成的带子。这里形容随风飘拂的柳枝。
[5] 裁:裁剪,用剪子把物体分成若干部分。
[6] 二月:农历二月,正是初春时节。

新读

像碧玉一样梳妆打扮的柳树,
低垂摇动着千万缕绿色的丝带。
不知细细的柳叶是何人剪裁?
乍暖还寒的二月春风恰似剪刀。

作品简介

贺知章（659年—744年）字季真，一字维摩，号石窗，晚年更号四明狂客，又称秘书外监。其排行第八，人称"贺八"。越州永兴（今浙江省萧山市）人。

武则天证圣进士，授国子四门博士，迁太常博士。后历任礼部侍郎、秘书监、太子宾客等职。为人旷达不羁，有"清谈风流"之誉。盛唐前期诗人，又是著名书法家。作品大多散失，现仅存诗二十首。

赏析

这是一首咏物诗，写的是早春二月的杨柳。

作者首选抓住关键词语"碧玉"进行分析，使我们不难领悟到"碧玉"一词的双关义：以比喻的手法想象柳叶的颜色、光泽和柳树的鲜嫩新翠，又以借代的手法联想柳树的袅娜多姿，如少女般亭亭玉立的风姿，静中有动。柳树的意象便在鉴赏者的心中脑海里"活"了起来。

紧接着作者又抓住关键词语"绿丝绦"进行分析，联想"丝绦"轻柔、飘然的特征，体会诗人用喻之妙：用"绿丝绦"比喻柳枝，表现了下垂的柳枝轻柔，鲜嫩闪光的特征以及柳枝随风飘拂的姿态，使人感受到春风的到来。

最后作者抓住"春风"对后两句进行了分析。诗人用设问把描写的重点悄悄转移到春风上来：一树碧玉，万条绿绦和数也数不清的细叶，原来是二月春风的杰作啊！"杰作"一词把诗人设问的妙用，做了确切的解释：万物生机乃春之杰作！

在贺知章之前，有谁想过春风像剪刀？从来没有过。把乍暖还寒的二月春风由无形化为有形，显示了春风的神奇灵巧，并使《咏柳》成为咏物诗的典范之作。

九月九日①忆②山东③兄弟

(唐)王 维

独在异乡为异客④,

每逢佳节倍思亲。

遥知兄弟登高处,

遍插茱萸⑤少一人。

> 注释

①九月九日:指农历九月初九重阳节,民间有登高、插茱萸、饮菊花酒等习俗。

②忆:想念。

③山东:指华山以东(今山西),作者的家乡蒲州就在这一带。

④为异客:作客乡的客人。

⑤茱萸:一种香气浓烈的植物,传说重阳节扎茱萸袋,登高饮菊花酒,可驱灾。

> 新读

独自一人在异乡闯荡,

每到过节时更加思念亲人,

兄弟登上高处插茱萸时,

肯定会察觉少了一个人。

写作背景

这是唐代诗人王维因身在异乡，重阳节思念家乡的亲人而写下的一首七言绝句。该诗以直抒思乡之情起笔，而后笔锋一转，将思绪拉向故乡的亲人，遥想亲人按重阳的风俗而登高时，也在想念诗人自己。

赏析

这是一首思乡诗。

第一句说在他乡作客，"独"、"异"两个字，分量下得很足。因为是在异地，所以，诗人对亲人的思念，对他自己孤孑处境的感受，都凝聚在这两个字中。

作客他乡者的思乡怀亲之情，在平日也是存在的，不过有时不一定是显露的，但一旦遇到逢年过节，就很容易爆发出来，甚至一发而不可抑止。这就是所谓"每逢佳节倍思亲"。

三、四两句，诗人遥想兄弟们在重阳日登高，佩带茱萸，而诗人自己独在异乡，"遍插茱萸少一人"。

这句话的意思是说，远在故乡的兄弟们重阳节登高时身上都佩上了茱萸，却发现少了一位兄弟。

好像遗憾的不是他未能和故乡的兄弟共度佳节，反倒是兄弟们佳节未能完全团聚；似乎他独在异乡为异客的处境并不值得诉说，反倒是兄弟们的缺憾更须体贴。这就曲折有致，出乎常情。而这种出乎常情之处，正是它的深厚处、新奇处。

春 宵

（宋）苏 轼

春宵①一刻②值千金，
花有清香③月有阴④。
歌管⑤楼亭声细细，
秋千⑥院落夜沉沉。

注释

① 春宵：春夜。

② 一刻：刻，计时单位，古代用漏壶记时，一昼夜共分为一百刻。一刻，比喻时间短暂。

③ 花有清香：意思是花朵散发出清香。

④ 月有阴：指月光在花下投射出朦胧的阴影。

⑤ 歌管：歌，歌曲；管，笙箫。

⑥ 秋千：将长绳系在架子上，下挂蹬板，人随蹬板来回摆动。

新读

春天的夜晚，时间珍贵得像金子一样，
花朵散发出醉人的清香，月光下摇曳着朦胧的倩影。
楼台处传来悠扬悦耳的歌声与箫声。
望着院中空荡荡的秋千架，我仍沉醉于良宵美景。

作者简介

苏轼（1037年—1101年），字子瞻，又字和仲，号"东坡居士"，眉州人，即今四川眉山人。北宋著名文学家、书画家、散文家、诗人、词人，豪放派词人代表。

苏轼学识渊博，多才多艺，擅长书法、绘画、诗词、散文。在散文方面，与其父苏洵、其弟苏辙同属"唐宋八大家"之列；在书法方面，与黄庭坚、米芾、蔡襄合称"宋四家"。善画竹木怪石，其画论、书论也有卓见。他是北宋继欧阳修之后的文坛领袖，散文与欧阳修齐名，诗歌与黄庭坚齐名。他的词气势磅礴，风格豪放，一改词的婉约风格，与南宋辛弃疾并称"苏辛"，同为豪放派词人。

苏轼的作品有《东坡七集》、《东坡乐府》等。

赏析

这是一首感怀诗。前两句写春夜美景。诗人感叹春天的夜晚宝贵，赞美花儿盛开，月色醉人。这两句不仅写出了夜景的清幽和夜色的宜人，更是在告诉人们光阴的宝贵。

后两句写的是官宦贵族阶层尽情享乐的情景。夜已经很深了，院落里一片沉寂，他们却还在楼台里尽情地享受着歌舞和管乐，对于他们来说，这样的良辰美景更显得珍贵。作者的描写不无讽刺意味。

全诗写得明白如画却又立意深沉。在冷静自然的描写中，含蓄委婉地透露出作者对醉生梦死、贪图享乐、不惜光阴的人的深深谴责。

诗句华美而含蓄，耐人寻味。特别是"春宵一刻值千金"，成了千古传诵的名句，人们常常用来形容良辰美景的短暂和宝贵。

望庐山[1]瀑布

(唐)李 白

日照香炉[2]生紫烟[3],
遥看瀑布挂前川。
飞流直下三千尺[4],
疑是银河[5]落九天[6]。

> 注释

[1]庐山：又名匡山，中国名山之一。位于今江西省九江市北部的鄱阳湖盆地，在庐山区境内，耸立于鄱阳湖、长江之滨。

[2]香炉：指庐山香炉峰。

[3]紫烟：日光透过云雾，远望如紫色的烟云。

[4]三千尺：形容山高，这里是夸张的说法。

[5]银河：古人指银河系构成的带状星群。

[6]九天：一作"半天"。古人认为天有九重，九天是天的最高层，九重天，即天空最高处。此句极言瀑布落差之大。

> 新读

太阳照射的香炉峰生起紫色烟雾，
远远看去，瀑布像匹白绢挂在面前。
瀑布从高崖上腾空直落，像有三千尺呀！
让人恍惚以为是银河从九天倾泻到人间。

写作背景

这首诗是公元725年（唐玄宗开元十三载）前后，唐代伟大诗人李白出游金陵途中，初次登庐山时作。诗人以高度夸张的艺术手法，将飞流直泻的瀑布，描写得雄伟奇丽，气象万千，宛如一幅生动的山水画。

赏析

这是一首写景诗。

第一句诗中的香炉，其实是香炉峰，在庐山西北，可是到了诗人李白的笔下，便成了另一番景象：

一座顶天立地的香炉，冉冉地升起了团团白烟，缥缈于青山蓝天之间，在红日的照射下化成一片紫色的云霞。

"遥看瀑布挂前川"，前四字是点题。"挂前川"，这是"望"的第一眼形象，瀑布像是一条巨大的白练高挂于山川之间。"挂"字很妙，它化动为静，惟妙惟肖地表现出倾泻的瀑布在"遥看"中的形象。

"飞流直下三千尺"，极写瀑布的动态。一笔挥洒，字字铿锵有力。"飞"字，把瀑布喷涌而出的景象描绘得极为生动；"直下"，既写出山之高峻陡峭，又可以见出水流之急，那高空直落，势不可挡之状如在眼前。

"疑是银河落九天"，夸张而又自然，新奇而又真切，真是想落天外，惊人魂魄。它夸张而又自然，新奇而又真切，从而振起全篇，使得整个形象变得更为丰富多彩，雄奇瑰丽，既给人留下了深刻的印象，又给人以想象的余地，显示出李白那种"万里一泻，末势犹壮"的艺术风格。

小儿垂钓

（唐）胡令能

蓬头稚子[1]学垂纶[2]，
侧坐莓[3]苔草映身。
路人借问遥[4]招手，
怕得鱼惊不应人。

注释

[1] 稚子：年龄小的孩子。
[2] 垂纶：钓鱼；纶：钓鱼用的丝线。
[3] 莓：一种小草。
[4] 遥：远远地。

新读

一个蓬头顽皮小孩学钓鱼，
他侧坐在有树荫的青苔上，
听到有人问路忙远远招手，
生怕惊动鱼儿不回答问话。

作者简介

胡令能（785年—826年），隐居圃田，现今河南中牟县。唐贞元、元和时期人。家贫，年轻时以修补锅碗盆缸为生，人称"胡钉铰"。他的诗语言浅显而构思精巧，生活情趣很浓，现仅存七绝四首。

赏析

这是一首写景诗。

前两句叙述、描写，从外形着笔，是实写。诗人对这垂钓小儿的形貌不加粉饰，直写出山野孩子头发蓬乱的本来面目，使人觉得自然可爱，真实可信。

后两句，当路人问道，稚子害怕应答惊鱼，从老远招手而不回答。这是从心理方面来刻画小孩，有心计，有韬略，机警聪明。他之所以要以动作来代替答话，是害怕把鱼惊散。

他的动作是"遥招手"，说明他对路人的问话并非漠不关心。他在"招手"以后，又怎样向"路人"低声耳语，那是读者想象中的事，诗人再没有交代的必要，所以，在说明了"遥招手"的原因以后，诗作也就戛然而止。

此诗没有绚丽的色彩，没有刻意的雕饰，就似一枝清丽的出水芙蓉，在平淡浅易的叙述中透露出几分纯真、无限童趣。前两句虽然着重写小儿的体态，但"侧坐"与"莓苔"又不是单纯的描状写景之笔；后两句虽然着重写小儿的神情，但在第三句中仍然有描绘动作的生动的笔墨。不失为一篇情景交融、形神兼备的描写儿童的佳作。

初春小雨

(唐)韩 愈

天街①小雨润②如酥③,
草色遥看近却无。
最是一年春好处,
绝④胜⑤烟柳满皇都。

> **注释**
>
> ① 天街:旧称帝都的城市。
> ② 润:滋润。
> ③ 酥:牛羊奶中提炼出来的脂肪,即酥油。
> ④ 绝:绝对。
> ⑤ 胜:超过。

> **新读**
>
> 初春酥油一般的小雨落在京城街道上,
> 绿茸茸的细草,远看似青,近看似无。
> 这种景致正是一年中最美好的,
> 它远远胜过满城烟柳的京都的晚春景色。

作者简介

韩愈（768年—824年），字退之，河阳人，即今河南焦作孟州市人。祖籍河北昌黎，世称韩昌黎。唐代文学家、哲学家。晚年任吏部侍郎，又称韩吏部。谥号"文"，又称韩文公。

韩愈是唐代古文运动的倡导者，他主张学习先秦两汉的散文语言，破骈为散，扩大文言文的表达功能。

宋代苏轼称他"文起八代之衰"，明人推他为唐宋八大家之首，与柳宗元并称"韩柳"，有"文章巨公"和"百代文宗"之名。

赏析

这是一首写景诗。

第一句写初春的小雨，以"润如酥"来形容它的细滑润泽，十分准确地写出了它的特点，遣词用句十分优美。

第二句写草沾雨后的景色。以远看似青，近看却无，描画出了初春小草沾雨后的朦胧景象。

后两句对初春景色大加赞美，诗人的意思是说：早春的小雨和草色是一年春光中最美的东西，远远超过了烟柳满城的晚春景色。

这首诗咏早春，能摄早春之魂，给读者以无穷的美感趣味，甚至是绘画所不能及的。诗人没有彩笔，但他用诗的语言描绘出一种淡素的、似有却无的色彩。

回乡偶书

(唐)贺知章

少小离家老大[1]回,
乡音[2]无改鬓毛[3]衰[4]。
儿童相见不相识,
笑问客从何处[5]来。

注释

[1] 老大:年纪大了。
[2] 乡音:家乡的口音。
[3] 鬓毛:额角边靠近耳朵的头发。
[4] 衰(cuī):疏落,衰败。
[5] 何处:哪里。

新读

我在年少时外出,到了迟暮之年才回故乡。
口音虽未改变,但我双鬓却已经斑白。
所有儿童看见我,没有一个认识我的,
他们笑着互相传问:这客人是从哪里来呀?

写作背景

贺知章在公元744年（天宝三载），辞去朝廷官职，告老返回故乡越州永兴（今浙江萧山），时已八十六岁，这时，距他中年离乡已有五十多个年头了。

诗中既抒发了久客伤老之情，又充满久别回乡的亲切感，虽为晚年之作，却富于生活情趣。

赏析

这是一首感怀诗。

前两句写久客伤老之情。诗人置身于故乡熟悉而又陌生的环境之中，一路迤逦行来，心情颇不平静：当年离家，风华正茂；今日返归，鬓毛疏落，不禁感慨系之。

后两句从充满感慨的一幅自画像，转而为富于戏剧性的儿童笑问的场面。"笑问客从何处来"，在儿童，这只是淡淡的一问，言尽而意止；在诗人，却成了重重的一击，引出了他的无穷感慨，自己的老迈衰颓与反主为宾的悲哀，尽都包含在这看似平淡的一问中了。

全诗就在这有问无答处悄然作结，而弦外之音却如空谷传响，哀婉备至，久久不绝。

这首诗的感情自然、逼真，语言声韵仿佛自肺腑自然流出，朴实无华，毫不雕琢，使读者在不知不觉之中被引入了诗的意境。

赠汪伦

(唐)李 白

李白乘舟将欲行,

忽闻岸上踏歌①声。

桃花潭②水深千尺,

不及汪伦③送我情。

注释

① 踏歌:边唱歌边用脚踏地做节拍。

② 桃花潭:在今安徽泾县。

③ 汪伦:诗人的朋友。

新读

我乘船将要去远行,

忽听岸上响起美妙的歌声。

桃花潭水虽有千尺深,

也比不上汪伦送我深深的友情。

写作背景

这是唐代伟大诗人李白于泾县游历时，写给当地好友汪伦的一首诗。诗中首先描绘李白乘舟欲行时，汪伦踏歌赶来送行的情景，十分朴素自然地表达出一位普通村民对诗人那种朴实、真诚的情感。

全诗语言清新自然，想象丰富奇特，令人回味无穷。虽仅四句二十八字，却脍炙人口，是李白诗中流传最广的佳作之一。

赏析

这是一首赠别诗。

首句"乘舟"表明是从水道离开，"将欲行"表明是在轻舟待发之时。这句使我们仿佛见到李白在正要离岸的小船上向人们告别的情景。

在这里送行者是谁尚不得而知，下面诗人用"忽闻"而不是"遥闻"表明了自己的惊讶：有人踏地为节拍，边走边唱前来送行了。这似出乎李白的意料，却说得比较含蓄，只闻其声，不见其人，但人已呼之欲出。

诗的后半是抒情。

第三句遥接起句，进一步说明放船地点在桃花潭。"深千尺"既描绘了潭的特点，又为结句预伏一笔。

桃花潭水是那样的深湛，更触动了离人的情怀，结句迸出"不及汪伦送我情"，以比物手法形象性地表达了真挚纯洁的深情。潭水已"深千尺"，那么汪伦送李白的情谊更有多深呢？

"不及"二字，变无形的情谊为生动的形象，把汪伦对李白的情谊表现得形象又直观。

枫桥[1]夜泊

(唐)张 继

月落乌啼霜满天，
江枫[2]渔火对愁眠。
姑苏[3]城外寒山寺，
夜半[4]钟声到客船。

注释

[1] 枫桥：桥名，在今苏州城外。
[2] 江枫：江边的枫树。
[3] 姑苏：指苏州城。
[4] 夜半：即半夜。

新读

月已落下，乌鸦啼叫秋霜满天，
江边枫树，渔火点点忧郁地打瞌睡。
姑苏城外，寂寞清静的寒山古寺，
半夜里钟声悠扬地传到了客船上。

作者简介

张继（约715年—约779年），字懿孙，今湖北襄阳人。他是753年的进士。大历中，以检校祠部员外郎分掌财赋于洪州。

大历末年张继上任盐铁判官仅一年多即病逝于任上，他的友人刘长卿当时作悼诗《哭张员外继》说："世难愁归路，家贫缓葬期"，可见其清廉正直，后来其妻也在这个地方去世。

张继的诗爽朗激越，不事雕琢，比兴幽深，事理双切，对后世有很大的影响。可惜流传下来的不到五十首。

赏析

这是一首写景抒怀诗。

前两句用落月、啼乌、满天霜、江枫、渔火、不眠人等词句，描写了一个秋天的夜晚，诗人泊船苏州城外的枫桥的情景。这两句既描写了秋夜江边之景，又表达了作者思乡之情。

后两句通过城、寺、船、钟声等词句，描写秋天夜晚的"霜"透着浸肌砭骨的寒意，从四面八方围向诗人夜泊的小船，使他感到身外茫茫夜空中正弥漫着满天霜华。

夜行无月，本难见物，而渔火醒目，霜寒可感；夜半乃阒寂之时，却闻乌啼钟鸣。

如此明灭对照，无声与有声的衬托，使景皆为情中之景，声皆为意中之音，意境疏密错落，浑融幽远。

一缕淡淡的客愁被点染得朦胧隽永，在姑苏城的夜空中摇曳飘忽，为那里的一桥一水，一寺一城平添了千古风情，吸引着古往今来的寻梦者。

诗人运思细密，短短四句诗中包蕴了六景一事，用最具诗意的语言构造出一个清幽寂远的意境：江畔秋夜渔火点点，羁旅客子卧闻静夜钟声。

出 塞[1]

（唐）王昌龄

秦时明月汉时关[2]，
万里长征人未还。
但使龙城飞将[3]在，
不教胡马度阴山[4]。

注释

[1] 出塞：是唐代诗人写边塞生活的诗常用的题目。

[2] 秦时明月汉时关：即秦汉时的明月，秦汉时的关塞。意思是说，在漫长的边防线上，一直没有停止过战争。

[3] 龙城飞将：指汉朝名将李广。南侵的匈奴惧怕他，称他为"飞将军"。这里泛指英勇善战的将领。

[4] 阴山：在今内蒙古自治区，古代常凭借它来抵御匈奴的南侵。

新读

依旧是秦汉时的明月和边关，
征战长久延续万里征夫不回还。
倘若来自龙城的飞将军李广而今健在，
绝不许匈奴南下牧马度过阴山。

写作背景

《出塞》是王昌龄早年赴西域时所做,王昌龄所处的时代,正值盛唐,这一时期,唐在对外战争中屡屡取胜,全民族的自信心极强,故边塞诗人的作品中,多能体现一种慷慨激昂的向上精神,和克敌制胜的强烈自信。

同时,频繁的边塞战争,也使人民不堪重负,渴望和平,《出塞》正是反映了人民的这种和平愿望。

赏析

这是一首著名的边塞诗。

首句从写景入手。皓月当空,照耀着万里边疆的关塞,显示了边疆的寥廓和景物的萧条。在"月"和"关"的前面用"秦汉时"加以修饰,使意境更加高远,把我们引到了遥远的古代。面对这样的景象,边人触景生情,自然联想起秦汉以来无数献身边疆、至死未归的人们。"万里长征人未还",又从空间角度点明边塞的遥远。

"但使龙城飞将在,不教胡马度阴山",直接抒发了边防士卒巩固边防的愿望和保卫国家的壮志:只要有卫青、李广那样的名将,敌人的马队就不会度过阴山。这两句写得意在言外。意思就是说:由于朝廷用人不当,使将帅不得其人,才造成了烽火长燃、征人不还的局面。

这首诗意境雄浑,格调昂扬,语言凝炼明快。诗人把复杂的内容熔铸在短短的四行诗里,深沉含蓄,耐人寻味。

送孟浩然①之②广陵

（唐）李白

故人③西辞黄鹤楼④，
烟花⑤三月下扬州。
孤帆远影碧空尽，
惟见长江天际流。

注释

① 孟浩然：李白的朋友。
② 之：往。
③ 故人：老朋友，这里指孟浩然。
④ 黄鹤楼：故址在今湖北武汉市武昌蛇山的黄鹄矶上。
⑤ 烟花：指艳丽的春景。

新读

我的老朋友就要辞别黄鹤楼，
在繁花盛开的三月去游扬州。
小船的帆影消失在水天之间，
只看到滚滚长江水向天际奔流。

写作背景

730年春，李白得知孟浩然要去广陵，便约孟浩然在江夏相会。这天，他们在江夏的黄鹤楼愉快地重逢，各诉思念之情。

几天后，孟浩然乘船东下，李白亲自送到江边。船开走了，李白惆怅之情油然而生，便挥就了这首诗。

赏析

这是一首送别诗。

首句点出送别的地点黄鹤楼，这一句不光是为了点题，更因为黄鹤楼是天下名胜，可能是两位诗人经常流连聚会之所。因此一提到黄鹤楼，就带出种种与此处有关的富于诗意的生活内容。

二句写送别的时间与去向，在"三月"上加"烟花"二字，把送别环境中那种诗的气氛涂抹得尤为浓郁。

诗的后两句看起来似乎是写景，但在写景中包含着一个充满诗意的细节。"孤帆远影碧空尽"，李白一直把朋友送上船，船已经扬帆而去，而他还在江边目送远去的风帆。

李白的目光望着帆影，一直看到帆影逐渐模糊，消失在碧空的尽头，可见目送时间之长。帆影已经消逝了，然而李白还在翘首凝望，这才注意到一江春水，在浩浩荡荡地流向远远的水天交接之处。

总之，这一场极富诗意的、两位风流潇洒的诗人的离别，被作者极为传神地表现了出来。

江南春

(唐) 杜 牧

千里莺啼绿映红,
水村山郭①酒旗②风。
南朝③四百八十寺④,
多少楼台烟雨中。

注释

① 山郭:山城。
② 酒旗:古代酒店外面挂的幌子。
③ 南朝:东晋后在建康(今南京)建都的宋、齐、梁、陈四朝合称南朝。当时的统治者都好佛,修建了大量的寺院。
④ 四百八十寺:南朝皇帝和大官僚好佛,在京城(今南京市)大建佛寺。据《南史·循吏·郭祖深传》说:"都下佛寺五百余所。"这里说四百八十寺,是大概数字。

新读

千里江南,到处莺歌燕舞,桃红柳绿,
临水的村庄,依山的城郭,酒旗迎风招展。
昔日到处是香烟缭绕的深邃的寺庙,
如今亭台楼阁都沧桑矗立在朦胧的烟雨之中。

作者简介

杜牧（803年—约852年），字牧之，号樊川居士。京兆万年人，即今陕西西安人。杜牧人称"小杜"，以别于杜甫。与李商隐并称"小李杜"。因晚年居长安南樊川别墅，故后世称"杜樊川"。

晚唐杰出诗人，尤以七言绝句著称。他的古体诗受杜甫、韩愈的影响，题材广阔，笔力峭健。不过，杜牧的诗也有注重辞采的一面，这种重辞采的倾向和他"雄姿英发"的特色相结合，风华流美而又神韵疏朗，气势豪宕而又精致婉约。

此外，他还擅长文赋，其《阿房宫赋》为后世传诵。有《樊川文集》20卷传世。

赏析

这是一首感怀诗。

前两句写辽阔的千里江南，黄莺在欢乐地歌唱，丛丛绿树映着簇簇红花；傍水的村庄、依山的城郭、迎风招展的酒旗，一一在望。迷人的江南，经过诗人生花妙笔的点染，显得更加令人心旌摇荡了。

后两句说南朝遗留下来的许许多多佛教建筑物在春风春雨中若隐若现，更增添扑朔迷离之美。诗人在这里不说"朝朝四百八十寺"，而说"南朝四百八十寺"，显然别有意蕴。

南朝统治者佞佛，劳民伤财，修建了大量寺庙，诗人对统治者的这种做法不乏讽刺。这首诗四句均为景语，一句一景，各具特色。这里有声音有色彩，有空间上的拓展，有时间上的追溯。在寥寥的二十八个字中，诗人以极具概括性的语言描绘了一幅生动形象而又有气魄的江南春画卷。

海 棠

（宋）苏 轼

东风袅袅①泛②崇光③，
香雾空蒙④月转廊⑤。
只恐夜深花睡去，
故⑥烧高烛照红妆⑦。

注释

① 袅袅：微风轻轻吹拂的样子。
② 泛：透出。
③ 崇光：崇，隆重，华美；光，光泽。指高贵华美的光泽。
④ 空蒙：有的版本作"霏霏"，细雨迷茫的样子。
⑤ 月转廊：明月转过了回廊，指再也照不到海棠花了。
⑥ 故：于是。
⑦ 红妆：指海棠。

新读

春风轻拂着海棠花，花儿透出美妙的光华。
迷茫夜雾中弥漫着花香，朦胧的月光辉映曲折的回廊。
夜已经很深，只为担心眼前的海棠会像人因夜深而睡去，
所以赶忙点燃红烛，照耀着这红艳艳的花儿。

写作背景

这首绝句写于1080年,苏轼被贬黄州,即今湖北黄冈期间。作者采用虚实结合的和法,既表现了海棠优雅脱俗的美,也抒发了诗人爱花惜花的感情,更书写了怀才不遇的人生感慨。

全诗语言浅近,含而不露,感而不伤,情意深远,耐人寻味。

赏析

这是一首感怀诗。前两句写环境。首句"东风袅袅"形容春风的吹拂之态,"崇光"是指正在增长的春光,文中用一"泛"字,活写出春意的暖融,这为海棠的盛开造势。

次句侧写海棠,"香雾空蒙"写海棠阵阵幽香在氤氲的雾气中弥漫开来,沁人心脾。"月转廊",月亮已转过回廊那边去了,照不到这海棠花;暗示夜已深,人无寐,我们也可从中读出一层隐喻:诗人处江湖之僻远,再也难以遇到君王恩宠了。

后两句写爱花心事。"只恐夜深花睡去",此句转折写赏花者的心态。当月华再也照不到海棠的芳容时,诗人顿生满心怜意:海棠如此芳华灿烂,怎忍心让她独自栖身于昏昧幽暗之中呢?

末句更进一层,将爱花的感情提升到一个极点。"故"照应上文的"只恐"二字,含有特意而为的意思,表现了诗人对海棠的情有独钟。

全诗语言浅近而情意深永,从诗中明丽的意象中我们分明可以感触到诗人达观、潇洒的胸襟。

综观全诗,前两句点出诗人赏花的时间是春天的月夜,并描绘了海棠在东风月色中的光彩和芬芳,是实写,后两句诗写海棠的神态,是虚写。虚实结合,表现了海棠超凡脱俗的美。

清 明[1]

（唐）杜 牧

清明时节雨纷纷，

路上行人欲断魂[2]。

借问酒家何处有，

牧童遥指[3] 杏花村[4]。

注释

[1] 清明：农历二十四节气之一，约在阳历4月5日左右。
[2] 欲断魂：指心里忧郁愁苦，就像失魂落魄一样。
[3] 遥指：指向远处。
[4] 杏花村：杏花深处的村庄。

新读

清明节时，春雨绵绵地下个不停，
街上的行人冷冷清清，像断了魂似的。
他们询问附近哪有酒店，
放牛的孩子用手指向远处的杏花深处的村庄。

作品简评

这这首小诗，整篇用十分通俗的语言，写得自如至极，毫无经营造作之痕。音节十分和谐圆满，景象非常清新、生动，而又境界优美、兴味盎然。

在艺术上，这是由低而高、逐步上升、高潮顶点放在最后的手法。所谓高潮顶点，却又不是一览无余，索然兴尽，而是余韵悠长，耐人寻味。

赏析

这是一首感怀诗。

首句用"雨纷纷"交代了清明时节的时令和氛围，它还有一层特殊的作用，那就是，它实际上还在形容着那位雨中行路者的心情。

次句里的"行人"，是出门在外的行旅之人。"断魂"，是形容那种十分强烈、可是又并非明白表现在外面的很深隐的感情。

前二句交代了情景，接着写行人这时涌上心头的一个想法：往哪里找个小酒店才好。事情很明白：寻到一个小酒店，一来歇歇脚，避避雨，二来小饮三杯，解解料峭的春寒，并借此驱散心头的愁绪。诗人想着，便向路旁的牧童打听。

第四句"牧童遥指杏花村"。骑在牛背上的小牧童用手向远处的方向一指——哦，在那杏花烂漫的村庄，一面酒店的幌子高高挑起，正在招揽行人呢！

诗人用牧童的行动答复他的问话，让读者欣赏了那一指路的优美"画面"，为读者开拓了一处远比诗篇语文字句所显示的更为广阔得多的想象余地。

漫 兴[1]

(唐)杜 甫

肠断春江欲尽头,

杖藜徐步立芳洲[2]。

颠狂柳絮随风去,

轻薄[3]桃花逐水流。

注释

[1] 漫兴:随性而至,信笔写来。

[2] 杖藜徐步立芳洲:芳洲,长满花草的水中陆地。这句话的意思是拄着拐杖在江边漫步,站在芳洲上放眼四望。

[3] 轻薄:轻佻,不自重。

新读

春江芳妍的景色欲尽,怎么会不伤感呢?
拄着拐杖漫步江头,独自伫立芳洲上。
只见柳絮如颠似狂,肆无忌惮地随风飞舞,
轻薄不自重的桃花追逐流水而去。

写作背景

《漫兴九首》，写在杜甫寓居成都草堂的第二年，即肃宗上元二年（761年）。题作"漫兴"，有兴之所到随手写出之意。不求写尽，不求写全，也不是同一时写成的。

从九首诗的内容看，当为由春至夏相继写出。

这是其中的第一首。杜甫草堂坐落在成都市西门外的荷花溪畔，景色秀美，诗人本应在这安定的环境里修身养性。然而，饱尝乱离之苦的诗人，却忧国忧民，以天下为己任，本诗寄托了诗人对当时社会现实的深刻不满及自己政治抱负不能实现的苦闷。

赏析

这是一首感怀诗。

前两句说诗人拄着拐杖在江边漫步，站在芳洲上望四周，春江景物美不胜收，而暮春将尽，使人无限伤感。

后两句写柳絮随风飞舞，落花逐水漂流，这本是暮春的特有景色，但却勾起了诗人的无限感伤。

诗人把柳絮和桃花人格化了，他认为它们像一群势利的小人一样，对春天的流逝，丝毫无动于衷，只知道乘风乱舞，随波逐流。

这正是诗人痛苦的原因。这里面，寄托了诗人对黑暗现实的深刻不满，和政治理想不能实现的苦闷。后来桃花柳絮也就成了一般势利小人的代名词。

山 行[1]

(唐)杜 牧

远上寒山[2]石径斜，
白云生处[3]有人家。
停车坐[4]爱枫林晚，
霜叶红于二月花。

注释

[1] 山行：在山中行走。

[2] 寒山：指深秋时候的山。

[3] 白云生处：白云缭绕而生的地方。

[4] 坐：因为，由于。

新读

深秋时节，沿着弯弯的石砌小路驱车至远山，没想到白云飘浮的山间还住有人家。因为爱看夕阳映照下枫树林的美景而停下车，那经过霜打的枫叶比二月的鲜花还要红艳哟！

作品简评

这是一首描写和赞美深秋山林景色的七言绝句。诗歌通过诗人的感情倾向,以枫林为主景,绘出了一幅色彩热烈、艳丽的山林秋色图。

赏析

这是一首写景诗。全诗描绘的是秋之色,展现出一幅动人的山林秋色图。诗里写了山路、人家、白云、红叶,构成一幅和谐统一的画面。这些景物不是并列处于同等地位,而是有机地联系在一起,有主有从,有的处于画面的中心,有的则处于陪衬地位。

首句由下而上,写一条石头小路蜿蜒曲折地伸向充满秋意的山峦。"寒"字点明深秋季节;"远"字写出山路的绵长;"斜"字照应句首的"远"字,写出了高而缓的山势。由于坡度不大,故可乘车游山。

次句描写诗人山行时所看到的远处风光。"有人家"三字会使人联想到炊烟袅袅,鸡鸣犬吠,从而感到深山充满生气。"有人家"三字还照应了上句中的"石径",因为这"石径"便是山里居民的通道。

第三句说因为夕照枫林的晚景实在太迷人了,所以诗人特地停车观赏。

末句是全诗的中心句。前三句的描写都是在为这句铺垫和烘托。诗人为什么用"红于"而不用"红如"?因为"红如"不过和春花一样,无非是装点自然美景而已;而"红于"则是春花所不能比拟的,不仅仅是色彩更鲜艳,而且更能耐寒,经得起风霜考验。

这首小诗不只是即兴咏景,而且进而咏物言志,是诗人内在精神世界的表露,志趣的寄托,因而能给读者启迪和鼓舞。

早发白帝城[1]

（唐）李　白

朝辞白帝彩云间[2]，
千里江陵[3]一日还。
两岸猿声啼不住，
轻舟已过万重山[4]。

注释

[1] 白帝城：在今重庆市奉节城东白帝山上。

[2] 彩云间：因白帝城在白帝山上，地势高耸，从山下江中仰望，仿佛耸入云间。

[3] 江陵：今湖北江陵县。

[4] 万重山：层层叠叠的山，形容有许多山。

新读

清晨，我从高耸入云的白帝城出发，
只用了一天时间就到了千里之外的江陵。
长江两岸，猿猴的叫声好像没有间断过，
轻快的小船转眼就驶过了千万重山。

写作背景

759年春天，李白被流放，取道四川赶赴被贬的地方。行至白帝城的时候，忽然收到赦免的消息，惊喜交加，随即乘舟东下江陵，所以诗题一作《下江陵》。

赏析

这是一首写景诗。首句"彩云间"三字，描写白帝城地势之高，为全篇描写下水船走得快这一动态蓄势。"彩云间"的"间"字作隔断之意，诗人回望云霞之上的白帝城，以前的种种恍如隔世。

白帝城地势高入云霄，于是下面几句中写舟行的迅捷、行期的短暂、耳（猿声）目（万重山）的不暇迎送，才一一有着落。

第二句的"千里"和"一日"，以空间之远与时间之短作悬殊对比。这里，巧妙的地方在于那个"还"字上。"还"，归来的意思。它不仅表现出诗人"一日"而行"千里"的痛快，也隐隐透露出遇赦的喜悦。

第三句的境界更为神妙。诗人乘坐飞快的轻舟行驶在长江上，耳听两岸的猿啼声，由于舟行人速，使得猿的啼声和山的身影在耳目之间成为"浑然一片"。

最后一句，瞬息之间，"轻舟"已过"万重山"。为了形容船快，诗人除了用猿声山影来烘托，还给船的本身添上了一个"轻"字。轻舟进入坦途，诗人历尽艰险、进入康庄旅途的快感，也自然而然地表现出来了。

花 影

(宋) 苏 轼

重重叠叠①上瑶台②,
几度③呼童④归不开。
刚被太阳收拾去⑤,
却教明月送将来⑥。

注释

①重重叠叠:形容地上的花影一层又一层,很浓厚。

②瑶台:华贵的亭台。

③几度:几次。

④童:男仆。意思是亭台上的花影太厚了,几次叫仆人扫都扫不掉。

⑤刚被太阳收拾去:指日落时花影消失,好像被太阳收拾走了。

⑥送将来:指花影重新在月光下出现,好像是月亮送来的。将,语气助词,用于动词之后。

新读

亭台上的花影一层又一层,
几次叫童儿去打扫,可是花影怎么能扫走呢?
傍晚太阳下山时,花影刚刚消退,
可是月亮升起来,花影又重重叠叠出现了。

写作背景

这首诗明为一首咏物诗，其实是一首政治抒情诗，诗文写得含蓄隐晦。花影本来很美，为什么诗人这样厌恶它呢？

原来诗人是用讽喻的手法，将重重叠叠的花影比作朝廷中盘踞高位的小人，他们在宋神宗死去、哲宗即位、高太后临朝时，全被贬谪（刚被太阳收拾去）；而到高太后死去、哲宗亲政时，又全被起用了（又教明月送将来）。

诗篇反映了诗人嫉恶如仇的态度，又流露出一种无可奈何的情绪。全诗构思巧妙含蓄，比喻新颖贴切，语言也通俗易懂。

赏析

这是一首咏物诗。

首句中的"上瑶台"，是写影的动，隐含着光的动。为什么用"上"，不用"下"，因为红日逐渐西沉了。

第二句"扫不开"写影的不动，间接地表现了光的不动。光不动影亦不动，所以凭你横扫竖扫总是"扫不开"的。

三、四两句，一"收"一"送"是写光的变化，由此引出一"去"一"来"影的变化。花影本是静态的，诗人抓住了光与影的相互关系，着力表现了花影动与静，去与来的变化，从而使诗作具有了起伏跌宕的动态美。

写光的变化，写花影的变化，归根到底是为了传达诗人内心的感情变化。

"上瑶台"比喻小人在高位当权；"扫不开"比喻正直之臣屡次上书揭露也无济于事；三、四两句以太阳刚落，花影消失，明月东升，花影重映，比喻小人暂时销声匿迹，但最终仍然出现在政治舞台上。

小 池

（宋）杨万里

泉眼无声惜细流，
树阴照水爱晴柔。
小荷才露尖尖角，
早有蜻蜓立上头。

注释

1. 泉眼：泉水的出口。
2. 细流：细小的流水。
3. 照水：倒映在水面。
4. 晴柔：晴天柔和的风光。
5. 尖尖角：指刚出生的、紧裹着的嫩小荷叶尖端。

新读

泉眼悄无声息流淌着涓涓的细流，
树阴倒映水面是它喜欢晴日的温柔。
小小的嫩荷刚露出紧裹的叶尖，
早飞来可爱的蜻蜓站立在上头。

作者简介

杨万里（1124年—1206年），字廷秀，号诚斋。吉州吉水人，即今江西人。曾任秘书监，主张抗金。南宋诗人，诗与陆游、范成大、尤袤齐名，称"中兴四大诗人"或"南宋四家"。

他是我国古代写诗最多的作家之一，他的诗通俗清新，流畅自然，人称"诚斋体"。

赏析

这是一首写景诗。诗人在前两句，就把读者带入了一个小巧精致、柔和宜人的境界之中，一道细流缓缓从泉眼中流出，没有一点声音；池畔的绿树在斜阳的照射下，将树荫投入水中，明暗斑驳，清晰可见。

后两句是一幅绝美的图画，时序还未到盛夏，荷叶刚刚从水面露出一个尖尖角，一只小小的蜻蜓立在它的上头。

一个"才露"，一个"早立"，前后照应，逼真地描绘出蜻蜓与荷叶相依相偎的情景。

这首诗抒发了作者热爱生活之情，通过对小池中的泉水、树荫、小荷、蜻蜓的描写，给我们描绘出一种具有无限生命力的朴素、自然，而又充满生活情趣的生动画面。

杨万里写诗主张师法自然，他对自然景物有浓厚的兴趣，常用清新活泼的笔调，平易通俗的语言，描绘日常所见的平凡景物，他尤其善于捕捉景物的特征及稍纵即逝的变化，形成情趣盎然的画面，因而诗中充满浓郁的生活气息。

湖　上[1]

（宋）徐元杰

花开红树[2]乱莺啼[3]，

草长平湖[4]白鹭飞。

风日晴和人意好，

夕阳箫鼓[5]几船归。

注释

[1] 湖上：杭州西湖之上。

[2] 红树：指开满红花的树。

[3] 乱莺啼：指到处都是黄莺的啼叫。

[4] 平湖：风平浪静的湖面。

[5] 箫鼓：吹箫击鼓，指游船上奏着音乐。

新读

黄莺在开满红花的树上争相啼叫，

如镜的湖边草儿青青，白鹭在湖面上翻飞。

天气晴朗，阳光明媚，游人心情舒畅。

几只画船的游人吹着箫，打着鼓踏上了归途。

作者简介

徐元杰（1196年—1246年），字仁伯，号梅野，上饶县八都黄塘人。早年跟随朱熹的门人陈文蔚学诗，后师事真德秀。1232年考取了进士，曾任右司郎官，拜太常少卿，兼给事中、国子祭酒、权中书舍人。

为官"远声色，节情欲"，"直声闻于朝"。杜范当丞相时，徐元杰上书慷慨陈词，力主排外患，修内政，保境安民。

当时朝政奸佞当道，不久杜范身亡，徐元杰也被奸人毒害致死。著有《梅野集》12卷，传于世。

赏析

这是一首游览诗。

前两句写景，岸上红花满地，黄莺乱啼，湖中水平无波，绿草繁茂，白鹭低飞。这两句着力写出了湖上的风光，乱莺红树，白鹭青草，相映成趣，生意盎然。

在风和日丽的艳阳天里，人们欣赏湖上风光，心情该是多么舒畅；趁着夕阳余晖，伴着阵阵的鼓声箫韵，人们划着一只只船儿尽兴而归，这气氛又是多么热烈。

后两句转到写人。诗捕捉了夕阳西下，游船群归的场面，辅以风和日丽的点缀，把游人的勃勃兴致与快心畅意写足写满。

该诗语言清新流利，景物绚烂多姿，用音响和色彩绘出了一幅欢乐的湖上春游图。

这一幅热闹的景象，有静有动，有高有低，声色俱全，五彩斑斓，一股浓厚的春天气息，仿佛扑面而至，令人振奋。

全诗以精炼的词句概括了西湖的自然景物，描绘了游人之乐，意境之美，情调欢快，是历来写西湖诗中的上乘之作。

望天门山[1]

(唐)李 白

天门中断楚江[2]开,
碧水东流至此回。
两岸青山相对出,
孤帆一片日边来。

注释

[1] 天门山:位于安徽省和县与当涂县西南的长江两岸,在江北的叫西梁山,在江南的叫东梁山。两山隔江对峙,形同门户,所以叫"天门"。

[2] 楚江:即长江。古代长江中游地带属楚国,所以叫"楚江"。

新读

高高天门被长江之水拦腰劈开,
碧绿的江水东流到此回旋澎湃。
两岸的青山相对耸立巍峨险峻,
一叶孤舟从天地之间飞速驶来。

写作背景

这首诗为725年（开元十三年）作者赴江东途中行至天门山时所作。李白无比热爱祖国的壮丽山河，一生遍游名山大川，留下了许多不朽的杰作。该诗描写诗人舟行江中溯流而上，远望天门山的情景。

赏析

这是一首写景诗。

前两句描写天门山的雄奇壮观和江水浩荡奔流的气势。诗人不写博望、梁山两山隔江对峙，却说山势"中断"，从而形象地写出两山峭拔相对的险峻。

"碧"字明写江水之色，暗写江水之深；"回"字描述江水奔腾回旋，更写出了天门山一带的山势走向。

由于两山夹峙，浩阔的长江流经两山间的狭窄通道时，激起回旋，形成波涛汹涌的奇观。

如果说上一句是借山势写出水的汹涌，那么这一句则是借水势衬出山的奇险。

后两句描绘出从两岸青山夹缝中望过去的远景，"相对"二字用得巧妙，使两岸青山具有了生命和感情。

结尾一句更是神来之笔，一轮红日，映在碧水、青山、白帆之上，使整个画面明丽光艳，层次分明，从而将祖国山川雄伟壮丽的画卷展现出来。

春 暮

（宋）曹 豳

门外无人问落花，
绿阴①冉冉遍天涯②。
林莺啼到无声处③，
青草池塘④独听蛙。

注释

① 绿阴：嫩绿色的细草铺满了整个大地。
② 天涯：天边，极远的地方，此处指大地。
③ 无声处：指黄莺不再叫时春光已逝。
④ 池塘：原作"池边"，据《宋诗纪事》改。

新读

门外的落花没有人去过问，
绿树的浓阴慢慢遮遍大地。
林间的黄莺不再啼叫时春光已逝，
唯独听到青蛙呱呱的叫声。

作者简介

曹豳（1170年—1249年），字西士，又字潜夫，号东畎，南宋瑞安人曹村人。早年家道贫穷，少从乐清钱文子学。嘉泰二年考取了进士，授迪功郎隆兴府靖安县主簿。

此后为仕四十余年，沉沉浮浮，留给历史的始终是一位为官清正、正直敢言的爱国诗人的形象。

曹豳才华出众，著有奏议、讲义20卷，诗歌、杂句60卷，刘克庄曾序《曹东畎集》，可惜大多散佚，现仅存文1篇、诗11首，词2首。

赏析

这是一首写景诗。诗人描写了落花将尽，万木葱茏，蛙声渐渐多起来春夏之交的美丽景观：

花儿已经落了，大地上到处都是绿荫，黄莺也不叫了，好像是躲到林子里去了，池塘边上长满了青草，青蛙则在使劲聒噪。

前两句首先描写花、草、树，衬托出"暮"字，点明题意。明媚的春天已经悄然消失了，门外的落花没有人去过问，绿树的浓阴慢慢遮遍大地。

后两句天上的鸟和水中的蛙。林间的黄莺早已不再啼叫了，只能独自一人迈向长满青草的池塘畔，去聆听青蛙的叫声。

一番感叹，抒发了诗人的惜春之情。两两相对，把暮春时节的那种繁盛和热闹的景象生动地表现了出来。

这首诗所蕴涵的，是一种春天花事消歇后的感慨，春天是美好的，可是美好的东西往往是短暂的，花儿已经落尽，夏天已经不知不觉地来临了，诗里诗外笼罩着作者浓浓的惜春情节结。

芙蓉楼❶送辛渐❷

（唐）王昌龄

寒雨连江❸夜入吴，
平明❹送客楚山孤。
洛阳亲友如相问，
一片冰心在玉壶❺。

注释

❶芙蓉楼：故址在今江苏省镇江市的西北角。
❷辛渐：王昌龄的朋友。
❸连江：满江。
❹平明：天刚亮。
❺一片冰心在玉壶：冰在玉壶之中，比喻人清廉正直。冰心：比喻心地纯洁。

新读

满江寒雨绵绵连夜来到镇江，
黎明送客时楚山也形单影孤。
远在洛阳的亲友如果问起我，
就说是心地纯洁如冰心玉壶。

写作背景

这首诗大约作于开元二十九年（741年）以后。王昌龄当时离京赴江宁（今南京市）丞任，辛渐是他的朋友，这次拟由润州渡江，取道扬州，北上洛阳。

王昌龄可能陪他从江宁到润州，然后在此分手。这诗原题共两首，这一首写的是第二天早晨在江边离别的情景。

赏析

这是一首送别诗。诗的构思新颖，淡写朋友的离情别绪，重写自己的高风亮节。

首句写迷蒙的烟雨笼罩着吴地江天，织成了无边无际的愁网。夜雨增添了萧瑟的秋意，也渲染出离别的黯淡气氛。那寒意不仅弥漫在满江烟雨之中，更沁透在两个离人的心头。"连"字和"入"字写出雨势的平稳连绵，江雨悄然而来的动态能为人分明地感知，则诗人因离情萦怀而一夜未眠的情景也自可想见。

清晨，天色已明，辛渐即将登舟北归。诗人遥望江北的远山，想到行人不久便将隐没在楚山之外，孤寂之感油然而生。

一个"孤"字如同感情的引线，自然而然牵出了后两句临别叮咛之辞："洛阳亲友如相问，一片冰心在玉壶。"

诗人以晶莹透明的冰心玉壶自喻，正是基于他与洛阳诗友亲朋之间的真正了解和信任，他从清澈无瑕、澄空见底的玉壶中捧出一颗晶亮纯洁的冰心以告慰友人，这比任何相思的言辞都更能表达他对洛阳亲友的深情。

春暮游小园

（宋）王 淇

一从梅粉[1]褪残妆[2]，
涂抹新红[3]上海棠。
开到荼蘼[4]花事了[5]，
丝丝[6]天棘[7]出莓墙[8]。

注释

[1] 梅粉：指梅花粉红的颜色。
[2] 褪残妆：指梅花脱落，凋谢。
[3] 新红：指海棠粉嫩的颜色。
[4] 荼蘼：落叶灌木。
[5] 花事了：花事结束。
[6] 丝丝：指一条一条的枣树枝条。
[7] 天棘：酸枣树。
[8] 莓墙：长满苔藓的墙壁。

新读

梅花像少女卸去妆容一样零落时，
海棠花开了，它像少女刚刚又涂抹了新红一样艳丽。
不多久，待荼蘼开花以后，一春的花事已告终结，
唯有酸枣树的丝丝叶片却又长出于莓墙之上了。

作者简介

王淇,字菉猗,大概是取自《诗经》"瞻彼淇奥,菉竹猗猗",生卒年不详,生前事迹不详,可能与谢枋得有交,所以,其诗被收入《千家诗》。谢枋得集中还存有《代王菉猗女荐父青词》这样一篇文章,估计王淇的年龄要大于谢枋得。

赏析

这是一首写景诗。全诗写得很有情趣,前两句,写一春花事,以女子搽粉抹胭脂作比,非常活泼,充满人间趣味。这是写景诗和咏物诗最常用的一种手法,但又没有流于一般化。

诗人说,自从梅花凋零之后,海棠花就涂红艳丽的脸容。用女子卸妆、上妆比喻花的颜色变化,生动活泼又富有情趣。

春日,梅花不再像冬天时那样绽放,颜色也消退了,"褪"字不但写出了颜色不再的事实,也蕴涵花开荼蘼后的备齐,照应下文。

"涂抹"表现了妆容的精细,写出海棠妖娆的感觉,所以用得十分精妙。

后两句说,荼蘼花开过之后,虽然春天已经过去了,但酸枣树的茎叶片又长出了莓墙之上了。

这首诗用花开花落,表示时序推移,虽然一年的春事将阑,但不断有新的事物出现,大自然是不会寂寞的,总有新生事物出现,这不正是人类社会的象征吗?人类不也正是英雄辈出,后继有人吗?

绝 句

(唐) 杜 甫

两个黄鹂[1]鸣翠柳，

一行白鹭[2]上青天。

窗含西岭[3]千秋雪，

门泊东吴[4]万里船。

注释

[1] 黄鹂：体羽一般由全黄色的羽毛组成。雄性成鸟的鸟体、眼睑、翼及尾部均有鲜艳分明的亮黄色和黑色分布。雌鸟较暗淡而多绿色。

[2] 白鹭：一种水鸟，羽毛白色，腿很长，捕食鱼虾。

[3] 西岭：指岷山，在成都西面。

[4] 东吴：指现在江苏省一带，古代是吴国所在地。

新读

成对的黄鹂在新绿的柳枝上鸣叫，

一行白鹭在青天上自由飞翔。

窗里好像是嵌着西山千秋雪景，

门外停泊着东吴畅行万里的船只。

写作背景

这首诗是杜甫于广德二年（764年）春居成都草堂时写的。其时，安史之乱已平定，杜甫蒙友人资助，居于城外风景清幽的草堂，心情不错。面对生气勃勃的景象，他情不自禁，写下一组即景小诗。兴到笔随，事先既未拟题，诗成后也不打算拟题，干脆以"绝句"为题。

赏析

这是一首写景诗。诗人在前两句首先用"黄鹂"、"白鹭"为我们展现了一幅动感的画面：两只黄鹂在新绿的柳枝间鸣唱，柳树在春天里是最先发芽的北方树种，其发芽时，先是树条里返青，这时叫抽丝，然后很嫩的芽叶吐出尖尖的嫩绿色。此时的柳树是其最美的状态，文人画匠多把此刻的柳树寓意为情窦初开的少女。此时，在窗前刚刚抽丝发芽的柳树上，有两只黄鹂鸟在欢快的相应和般地鸣唱。

下一句"一行白鹭上青天"是和首句相对应的。诗人正是被黄鹂鸟的鸣叫声吸引到窗前，当他的目光从柳丝下的一只黄鹂鸟转移，被上面那只黄鹂鸟的鸣叫声挑起目光时，从树梢上，看到了远方的青天。黄、翠、白、青，色泽交错，展示了春天的明媚景色，也传达出诗人欢快自在的心情。

后两句又为读者描绘出一幅静态的画面：从窗口望去，西岭上千年不化的积雪，似乎近在眼前；门外江上停泊着行程万里、从东吴归来的航船。

此诗就像一幅绚丽生动的山水条幅：画的中心是几棵翠绿的垂柳，黄莺儿在枝头婉转歌唱；画的上半部是青湛湛的天，一行白鹭映于碧空；远处高山明灭可睹，遥望峰巅犹是经年不化的积雪；近处露出半边茅屋，门前一条大河，水面停泊着远方来的船只。

图象有动有静，视角由近及远，再由远及近，给人以既细腻又开阔的感受。

客中①初夏

(宋)司马光

四月清和②雨乍晴,
南山当户转分明。
更无柳絮③因风起,
唯有葵花④向日倾。

注释

① 客中:旅居他乡作客。
② 清和:天气清明而和暖。
③ 柳絮:柳树的种子。上面有白色绒毛,随风飞散如飘絮。
④ 葵花:向日葵的花朵。

新读

初夏四月,天气清明和暖,下过一场雨天刚放晴,雨后山色更加青翠怡人,对面南山变得更加明净。眼前再没有随风飘扬的柳絮了,只有向日葵朝着太阳灿烂地开放。

作者简介

司马光（1019年—1086年），字君实，号迂叟。陕州夏县涑水乡人，即今山西夏县人，世称涑水先生。

司马光是北宋政治家、文学家、史学家，历仕仁宗、英宗、神宗、哲宗四朝。我国历史上第一部编年体通史《资治通鉴》，就是由他主持编纂的。

赏析

这是一首写景抒怀诗。

前两句写雨后初晴的景色，初夏的一场细雨，驱散了春天的寒意，洗净了空气的尘埃，使得万里江山在经历了夏雨的洗礼后添得一份明朗，显得更加妩媚。

后两句的含意是：我不是因风起舞的柳絮，意即决不在政治上投机取巧，随便附和；我的心就像葵花那样向着太阳，意即对皇帝忠贞不二。诗人托物言志，笔法委婉含蓄。

本诗语言浅白，色彩明丽清新，诗人犹如摄影师抓拍一个镜头，调动我们熟悉的景物营造了一种清明和暖的气氛。

"乍"、"转"、"起"、"倾"，使这些景物鲜活生动，使整首诗充满了雨和夏的味道，从嗅觉、感觉、视觉各个方位来攻占读者的心。

最后两句点明本诗主旨，作者任雨打风吹，不动不摇，绝不改变自己的政治理想。

江南逢李龟年[1]

（唐）杜 甫

岐王[2]宅里寻常见，
崔九[3]堂前几度闻。
正是江南[4]好风景，
落花时节又逢君[5]。

注释

[1] 李龟年：唐代著名的音乐家。
[2] 岐王：唐玄宗的弟弟李范，他被封为岐王。
[3] 崔九：就是崔涤，当时担任殿中监。
[4] 江南：广义的江南涵盖长江中下游流域以南，南岭、武夷山脉以北，即湘赣浙沪全境与鄂皖苏长江以南地区。
[5] 君：原指君主，这里是尊称，指李龟年。

新读

当年在岐王宅里，常常见到你的演出；
在崔九堂前，也曾多次欣赏你的艺术。
没有想到，在这风景一派大好的江南，
正是落花时节，能巧遇你这位老朋友。

写作背景

此诗大概作于公元770年（大历五年）杜甫在长沙的时候。安史之乱后，杜甫漂泊到江南一带，和流落的宫廷歌唱家李龟年重逢，回忆起在岐王和崔九的府第频繁相见和听歌的情景而感慨万千写下这首诗。

赏析

这是一首抒怀诗。

诗的开首二句是追忆昔日与李龟年的接触，寄寓诗人对开元初年鼎盛的眷怀；李龟年是开元初年的著名歌手，常在贵族豪门歌唱。杜甫少年时才华卓著，常出入于岐王李范和秘书监崔涤的门庭，得以欣赏李龟年的歌唱艺术。

"岐王宅里寻常见，崔九堂前几度闻。"诗人虽然是在追忆往昔与李龟年的接触，流露的却是对"开元全盛日"的深情怀念。这两句下语似乎很轻，蕴涵的感情却深沉而凝重。

后两句是对国事凋零，艺人颠沛流离的感慨。仅仅四句却概括了整个开元时期的时代沧桑，人生巨变。语极平淡，内涵却无限丰满。

风景秀丽的江南，在承平时代，原是诗人们所向往的作快意之游的所在。诗人真正置身其间，所面对的竟是满眼凋零的"落花时节"和皤然白首的流落艺人。

这首诗，从岐王宅里、崔九堂前的"闻"歌，到落花江南的重"逢"，"闻"、"逢"之间，连结着几十年的时代沧桑、人生巨变。

尽管诗中没有一笔正面涉及时世身世，但透过诗人的追忆感喟，却表现出了安史之乱给人们造成的巨大灾难和心灵创伤。

奉和贾至舍人早朝大明宫

（唐）杜 甫

五夜①漏声催晓箭，九重②春色醉仙桃。
旌旗日暖龙蛇③动，宫殿风微燕雀高。
朝罢香烟携满袖，诗成珠玉在挥毫。
欲知世掌丝纶美，池上于今有凤毛④。

注释

① 五夜：天之将晓。
② 九重：皇帝居住之地。
③ 龙蛇：旌旗上的图像。
④ 凤毛：喻人有文采，不弱其父。

新读

五更的刻漏箭催促着拂晓的到来，
皇宫的春色盎然，桃花如醉人脸色一般鲜红。
绣着龙蛇的旌旗在温暖的太阳下飘扬，
宫殿周围微风习习，燕雀高高飞翔。
早朝刚完，臣子的双袖满是御炉的香烟，
珠玉般美妙诗篇已经写出来。
要想知道世代掌握为皇上起草诏书之人的荣耀，
于今只要看看中书省的才子贾至就可以了。

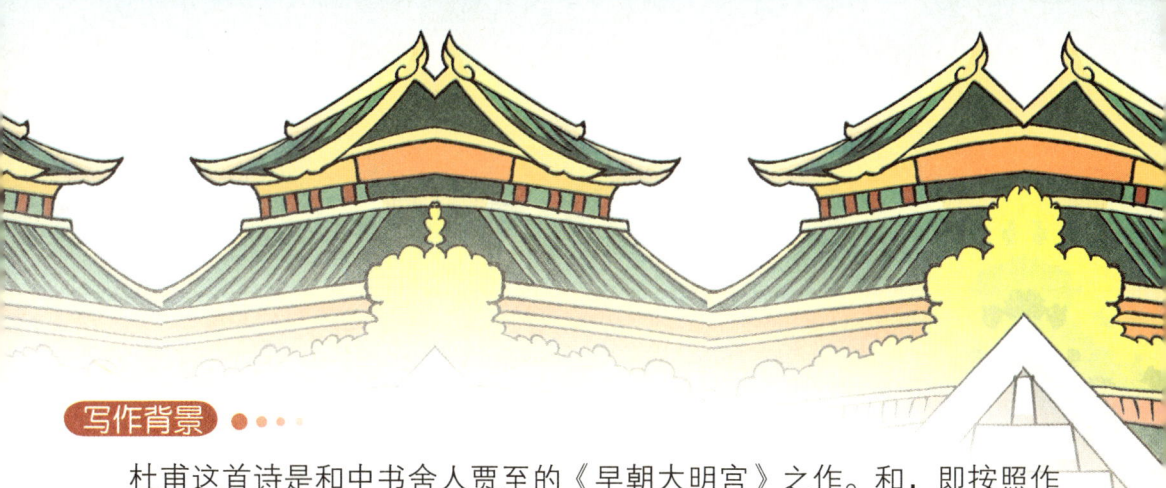

写作背景

杜甫这首诗是和中书舍人贾至的《早朝大明宫》之作。和，即按照作者原来的题材或者体裁来写一首诗，以示自己的意见，韵脚可以相同也可以完全用别的。

赏析

这是一首唱和诗。诗是分为两部分。前两联为应和，即基本描绘同贾至的诗一样的场面：滴漏中的竹箭指向五更，皇宫里的桃子在春色中泛着醉酒般的颜色。朝阳升起来印在旌旗上，旗帜被风鼓动，上面有龙蛇图案，看起来像是要腾飞而起，大殿上风微微的，在这微风里燕雀倒是飞得很高，盘旋于金顶之上。

后两联为褒扬，说贾至和其父亲的成就辉煌，得到了皇帝的赞扬。诗人赞叹说，贾舍人带着两袖香气下了早朝，珠玉一般的《早朝大明宫》就是他一挥而就的。要说这一朝两代中书舍人同出一家的佳话，指的不就是贾至和他的父亲吗？

与杜甫多数传下来的作品不一样，这首诗里讽刺和揭露的成分不多，几乎不见痕迹，倒是多了些歌功颂德。也许这样可以理解为诗人是在用鹦鹉学舌的方法讥笑贾至，但杜甫毕竟也是那个时代的文人，歌颂高高在上的帝王也未必就没有可能。

和贾舍人早朝大明宫之作

(唐)王 维

绛帻鸡人送晓筹,尚衣方进翠云裘。
九天阊阖[1]开宫殿,万国衣冠拜冕旒。
日色才临仙掌动,香烟欲傍衮龙浮。
朝罢须裁五色诏,佩声归向凤池头。

注释

[1] 阊阖:宫殿的正门。

新读

戴红巾的卫士持着更筹唱晓,
管御服的官员把翠云裘奉上。
九重天阙敞开宫殿,万国使臣朝拜君王。
晨曦的曙光闪动着宫扇的异彩,
御炉的香烟贴近龙袍飘动。
散朝后贾舍人还须用五色纸起草诏书,
可听到服饰铿锵声,他已回到中书省。

写作背景

贾至写过一首《早朝大明宫》，全诗是："银烛朝天紫陌长，禁城春色晓苍苍。千条弱柳垂青琐，百啭流莺满建章。剑佩声随玉墀步，衣冠身惹御炉香。共沐恩波凤池里，朝朝染翰侍君王。"

当时颇为人注目，杜甫、岑参、王维都曾作诗相和。王维的这首和作，利用细节描写和场景渲染，写出了大明宫早朝时庄严华贵的气氛，别具艺术特色。

赏析

这是一首唱和诗。诗一开头，诗人就选择了"报晓"和"进翠云裘"两个细节，显示了宫廷中庄严、肃穆的特点，给早朝制造气氛。

中间四句正面写早朝。诗人表现了场面的宏伟庄严和帝王的尊贵。层层叠叠的宫殿大门如九重天门，迤逦打开，深邃伟丽；万国的使节拜倒丹墀，朝见天子，威武庄严。如果说颔联是从大处着笔，那么颈联则是从细处落墨。大处见气魄，细处显尊严，两者互相补充，相得益彰。作者于大中见小，于小中见大，给人一种亲临其境的真实感。

结尾两句又关照贾至的职责。王维的和诗说，"朝罢"之后，皇帝自然会有事诏告，所以贾至要到中书省的所在地凤池去用五色纸起草诏书了。

全诗写了早朝前、早朝中、早朝后三个层次，描绘了大明宫早朝的氛围与皇帝的威仪。这首和诗不和韵，只和其意，用语堂皇，造句伟丽，格调和谐。

戏答元珍[1]

（宋）欧阳修

春风疑不到天涯[2]，二月山城未见花。
残雪压枝犹有橘，冻雷惊笋欲抽芽。
夜闻归雁生乡思，病入新年感物华。
曾是洛阳花下客，野芳虽晚不须嗟。

注释

[1] 戏答元珍：这是作者被贬至峡州夷陵县，为酬答丁宝臣作的诗。丁宝臣字元珍，这时担任峡州判官。

[2] 天涯：极边远的地方。诗人贬官夷陵(今湖北宜昌市)，距京城已远，所以说"天涯"。

新读

我怀疑春风吹不到这偏远的山城来，
都已是二月，山城里还未见有花开。
残雪压着枝条，树桠上尚留着经过冬天的橘子，
冬天的雷惊醒地下的竹笋，不久就要抽出嫩芽。
晚上听到雁的啼叫声，勾起了无尽的思乡之情，
病中度过新年，不免感叹时光流逝，景物变迁。
我曾经在洛阳的名花丛中饱享过美丽的春光，
山城的野花虽然开得晚些，也不必叹息了。

作者简介

欧阳修（1007年—1072年），字永叔，号醉翁，因著有《六一诗话》，所以又号六一居士，卒谥文忠。庐陵(今江西吉安)人，宋仁宗天圣八年(1030)进士，北宋卓越的文学家、史学家。

他在政治和文学方面都主张革新，既是范仲淹庆历新政的支持者，也是北宋诗文革新运动的领导者。欧阳修"奖引后进，如恐不及，赏识之下，率为闻人"，曾巩、王安石、三苏就是得欧阳修提携，显名于世，他们接受欧阳修的影响，后来成为诗文革新运动的中坚力量。

欧阳修著有《欧阳文忠公集》、《新唐书》、《新五代史》等书。

赏析

这是一首感怀诗。

首联写夷陵山城的恶劣环境。二月时分在其他地方早就应该花开满眼香气逼人了，但在此地却遍地荒凉。诗人表面上是写自然环境的恶劣，但实际上是写政治环境的不善。

颔联写残雪压枝，但夷陵还有鲜美的柑橘可以品味，意即尽管如此，但在山城该怎么生活就怎么生活着，并且还要品出美味打破生活的寂寞。

颈联的"夜闻归雁"与"病入新年"两句反映出诗人心里的苦闷，流放山城兴起乡思之情在所难免，而这乡思之情又变成乡思之病，面对新年又至物华更新不免要感慨时光的流逝和人生的短暂。

尾联诗人虽然是自我安慰，但却透露出极为矛盾的心情，表面上说他曾在洛阳做过留守推官，见过盛盖天下的洛阳名花名园，见不到此地晚开的野花也不须嗟叹了，但实际上却充满着一种无奈和凄凉，不须嗟实际上是大可嗟，故才有了这首借"未见花"的日常小事生发出人生乃至于政治上的感慨。

插花吟

（宋）邵　雍

头上花枝照酒卮[1]，酒卮中有好花枝。
身经两世[2]太平日，眼见四朝[3]全盛时。
况复筋骸粗康健，那堪时节正芳菲。
酒涵花影红光溜，争忍花前不醉归。

注释

[1] 酒卮：酒杯。
[2] 两世：三十年为一世。两世即六十年。
[3] 四朝：指宋真宗、宋仁宗、宋英宗、宋神宗四代皇帝所统治的时期。

新读

头上的花枝倒映在酒杯里，
酒杯中浮动着美丽的花枝。
我这辈子经历了六十年的太平岁月，
亲眼目睹了四朝的盛世。
何况我的身子骨还硬朗，
又喜逢百花盛开的芳菲时节。
看着酒杯中荡漾着红光流转的花影，
怎么能不痛饮一醉方休呢？

作者简介

邵雍（1011年—1077年），字尧夫，北宋哲学家、易学家，有内圣外王之誉。生于河北范阳，晚年隐居在洛阳。著有《观物篇》、《先天图》、《伊川击壤集》、《皇极经世》等。

赏析

这是一首感怀诗。

首联里的插花者即是年过花甲的作者自己。花插头上，手持酒杯，酒杯中又浮现出花枝，诗人悠然自得的神态如见。

颔颈两联以醉歌的形式回答了诗人陶醉的原因：诗人一生度过了六十年的太平岁月，亲眼见了真宗、仁宗、英宗、神宗四朝的盛世，再加以筋体康健，时节芳菲，老人的心遂完全被幸福涨大了。

尾联写他笑眯着醉眼，看面前的酒杯。只见杯中映着花影，红光流转，面对这花，这酒，这位处在盛世中的高龄而又健康的老人，他的一生乐事都如同被召唤到了眼前，所以痛饮到大醉方归。

邵雍这首诗表现了一种世俗的情怀。它纯用口语，顺口妥溜，吸收了民歌俚曲的因素，又略带打油诗的意味，具有一种幽默感和趣味性。

诗格虽不甚高，但充溢着浓烈的太平和乐气氛，表现出北宋开国后"百年无事"的升平景象，以及一些人在小康中安度一生的那种心满意足的精神状态。

寓 意

(宋)晏 殊

油壁香车[1]不再逢,峡云[2]无迹任西东。
梨花院落溶溶[3]月,柳絮池塘淡淡风。
几日寂寥伤酒后,一番萧索禁烟[4]中。
鱼书[5]欲寄何由达,水远山长处处同。

注释

[1] 油壁香车:古代妇女所坐的车子。
[2] 峡云:巫山峡谷上的云彩。
[3] 溶溶:月光似水一般地流动。
[4] 萧索:缺乏生机。禁烟:指寒食节禁烟火。
[5] 鱼书:指书信。

新读

坐在油壁香车里的美丽女子再也见不到了,
她就像巫山峡谷上的云彩,行踪不定。
院落里,梨花沐浴在如水一般的月光之中;
池塘边,阵阵微风吹来,柳絮在空中飞舞。
这几天寂寞得很,喝多了酒伤了身体;
又是寒食节禁烟日,更感到眼前一片萧条景象。
我写好一封信想寄给她,但不知如何才能送到。
水这般远,山这般长,怎能送到此信呢?

作者简介

晏殊（991年—1055年），字同叔，汉族，抚州临川文港乡人。十四岁时就因才华洋溢而被朝廷赐为进士，之后到秘书省做正字。北宋仁宗即位之后，升官做了集贤殿学士，仁宗至和二年，六十五岁时过世。

他生平著作相当丰富，计有文集140卷，及删次梁陈以下名臣述作为《集选》100卷，一说删并《世说新语》。他以词著于文坛，尤其擅长小令，有《珠玉词》130余首，风格含蓄婉丽。

赏析

这是一首感怀诗。第一联的两句追忆离别时的情景。恋人乘着油壁香车而去，从此也没有机会重逢，因此，引起作者深深的怀念。

第二联寓情于景，回忆当年花前月下的美好生活。院落里，梨花沐浴在如水一般的月光之中；池塘边，阵阵微风吹来，柳絮在空中飞舞。那时的生活是多么富有诗意啊！

颈联叙述自己目前寂寥萧索的处境，揭示恋人离去之后的苦恼。这几天由于寂寞，喝多了酒伤了身体，又是寒食禁烟日，更感到眼前一片萧索景象。

尾联表达对所恋之人的刻苦相思之情。"鱼书欲寄何由达"照应"峡云无迹任东西"，因其行踪不定，所以即使写好书信也难以寄到她的手中，这是恨离怨别根源。

从诗意看，作者所怀念的很可能是一位浪迹天涯的歌女。此类题材在晏殊的词中随处可见，不过他这次没有用长短句，而用一首律诗来表现，风格、情调都与长短句相近，含婉深水，清新流丽，韵味浓郁。

清　明

（宋）黄庭坚

佳节清明桃李笑[1]，野田荒芜[2]自生愁。
雷惊天地龙蛇蛰，雨足郊原草木柔。
人乞祭余骄妾妇，士甘焚死不公侯。
贤愚千载知谁是，满眼蓬蒿共一丘。

注释

[1] 桃李笑：形容桃花、李花盛开。
[2] 荒芜：因无人管理田地杂草丛生。

新读

清明时节，桃李含笑盛开，
但野田荒坟却是一片凄凉、令人哀愁的景象。
雷声惊天动地，惊醒了蛰伏的龙蛇，
春天雨水充足，郊外原野上的草木长得很柔嫩。
那个在坟墓前乞讨的齐国人，回家向妻妾炫耀说富人请他喝酒。
与此相反，晋国志士介子推不贪公侯富贵，
宁可被火焚死也不下山做官。
悠悠千载，贤愚混杂，谁是谁非？
最后都被掩埋在长满野草的荒坟中。

作者简介

黄庭坚（1045年—1105年），字鲁直，北宋诗人、词人、书法家，为盛极一时的江西诗派开山之祖。

赏析

这是一首感怀诗。

诗的通篇运用对比手法，抒发了人生无常的慨叹。首联以清明节时桃李欢笑与荒冢生愁构成对比，流露出对世事无情的叹息。描绘出春天万木萌发，春雷动地，桃李争艳的热闹景象，同时也点出清明时节人们祭扫荒垅，愁云黯淡的场面。

二联笔锋一转，展现了自然界万物复苏的景象，正与后面两联的满眼蓬蒿荒丘，构成了强烈的对比。

后两联诗人以"人乞祭余骄妾妇，士甘焚死不公侯"一句，化用《庄子》中的典故和介子推甘愿烧死也不愿为官的典故，在对两种不同人的人生追求的对比中，表现出自己虽遭遇挫折而志节不改的高尚人格。

诗中表达了作者高尚的人生追求和价值取向，结尾虽然说无论贤愚，最终还是化为荒冢一丘，归于虚无，但我们细加推敲，就不难发现，作者在诗中并非是倾吐不平，而是在表明自己不愿卑躬屈膝，奴颜媚骨地换取相应地位与富贵的高洁情怀。

诗人看到大自然的一片生机，想到的却是人世间不可逃脱的死亡的命运，表达了一种消极虚无的思想，悲凉的情绪缠绕于诗行间。这与诗人一生政治上的坎坷以及他所受的禅宗思想的深厚影响是分不开的。但作品体现了作者的人生价值取向，鞭挞了人生丑恶，看似消极，实则有积极意义。

黄鹤楼[1]

（唐）崔颢

昔人已乘黄鹤去，此地空余黄鹤楼。
黄鹤一去不复返，白云千载空悠悠。
晴川历历汉阳树，芳草萋萋鹦鹉洲。
日暮乡关何处是？烟波江上使人愁。

注释

[1] 黄鹤楼：故址在湖北武昌。

新读

传说中的人早乘黄鹤飞去，
这地方只留下空荡的黄鹤楼。
飞去的黄鹤再也不能复返了，
唯有悠悠白云徒然千载依旧。
汉阳晴川阁的碧树历历在目，
鹦鹉洲的芳草长得密密稠稠。
时至黄昏不知何处是我家乡，
面对烟波浩渺大江实在发愁！

作者简介

崔颢(？—754年)，唐朝诗人，汴州人，即今河南开封人。崔颢才思敏捷，善于写诗，系盛唐诗人。《旧唐书·文苑传》把他和王昌龄、高适、孟浩然并提。

赏析

这是一首感怀诗。

此诗写得意境开阔、气魄宏大，风景如画，情真意切。且淳朴生动，一如口语，令人叹为观止。

首联写诗人满怀对黄鹤楼的美好憧憬慕名前来，可仙人驾鹤杳无踪迹，鹤去楼空，眼前就是一座寻常可见的江楼。

颔联写黄鹤楼久远的历史和美丽的传说一幕幕在诗人的眼前回放，但终归物在人非、鹤去楼空。

颈联诗人回到现实中转而写景：阳光照耀下的汉阳树木清晰可见，鹦鹉洲上有一片碧绿的芳草覆盖。

尾联诗人发出感叹，太阳落山，黑夜来临，鸟要归巢，船要归航，游子要归乡，然而天下游子的故乡又在何处呢？江上的雾霭一片迷蒙，眼底也生出的浓浓迷雾，面对此情此景，谁人会不生乡愁呢？

这首诗以丰富的想象力将读者引入远古，又回到现实，种种情思和自然景色交融在一起，气概苍莽，感情真挚。传说李白登此楼，目睹此诗，大为折服。说："眼前有景道不得，崔颢题诗在上头。"

江 村

(唐) 杜 甫

清江①一曲抱村流，长夏②江村事事幽。
自去自来堂上燕，相亲相近水中鸥。
老妻画纸为棋局，稚子敲针作钓钩。
多病所须唯药物，微躯此外更何求。

注释

① 清江：清澈的江水。
② 长夏：长长的夏夜。

新读

清澈的江水曲折地绕村流过，
长长的夏日里，村中的一切都显得幽雅。
梁上的燕子自由自在地飞来飞去，
水中的鸥鸟互相追逐嬉戏，亲亲热热。
妻子在纸上画着棋盘，
小儿敲针做着鱼钩。
我老了，多病的身体需要的只是药物，
除此之外，没有别的什么奢求了。

写作背景

这首诗写于760年。在写这首诗几个月之前,诗人杜甫经过四年的流亡生活,从同州经由绵州,来到了这不曾遭到战乱骚扰的、暂时还保持安静的西南富庶之乡成都郊外浣花溪畔。

时值初夏,浣花溪畔,江流曲折,水木清华,一派恬静幽雅的田园景象。诗人拈来"江村"诗题,放笔咏怀,愉悦之情跃然纸上。

赏析

这是一首感怀诗。本诗首联两句主要写诗人的居住环境,中间两联,紧紧贴住提挈一篇旨意的"事事幽",一路叙下。梁间燕子,时来时去,自由而自在;江上白鸥,忽远忽近,相伴而相随。

从诗人眼里看来,燕子也罢,鸥鸟也罢,都有一种惬意适性的意趣。物情如此幽静,人事的幽趣尤其使诗人惬心快意:老妻画纸为棋局的痴情憨态,望而可亲;稚子敲针作钓钩的天真无邪,弥觉可爱。棋局最宜消夏,清江正好垂钓,村居乐事,件件如意。

经历长期离乱之后,重新获得家室儿女之乐,诗人怎么不感到欣喜和满足呢?

尾联"多病所需唯药物,微躯此外更何求",虽然表面上是喜幸之词,而骨子里正包藏着不少悲苦之情。所以,我们无妨说,这结尾两句,与其说是幸词,倒毋宁说是苦情。一代诗宗,在暂得栖息,甫能安居的同时,便吐露这样悲酸的话语,实在是对封建统治阶级摧残人才的强烈控诉。

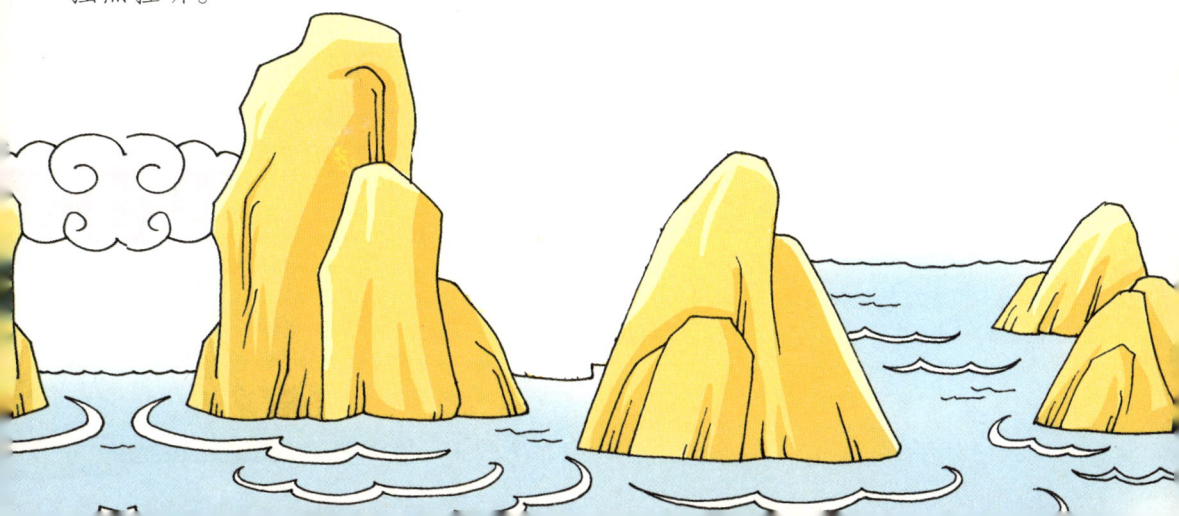

东湖[1]新竹

(宋)陆 游

插棘编篱[2]谨护持,养成寒碧[3]映涟漪。
清风掠地秋先到,赤日行天午不知。
解箨[4]时闻声簌簌[5],放梢初见叶离离。
官闲我欲频来此,枕簟[6]仍教到处随。

注释

[1] 东湖:在今浙江绍兴市城郊。
[2] 插棘编篱:即用荆棘编成篱笆。棘,有刺的草木。
[3] 寒碧:苍翠。寒,清冷,竹叶给人有清凉之感,故称寒碧。
[4] 箨:竹类躯干上生出的叶,俗称"笋壳"。竹竿生长过程中逐步脱落,称为"解箨"。
[5] 簌簌:象声词,此形容笋壳脱落时的声音。
[6] 簟:竹席。

新读

竹初种时,用棘条编成篱笆,小心谨慎保护好。
新竹长成,碧绿浓荫,倒映在水之涟漪中。
夏日的清风吹过地面,好像秋天提前而至,
赤日当空,也不感到正午的炎热。
笋壳脱落时,听到窸窸窣窣的声音,
竹子拔节时,初现疏疏落落的倩影。
退归闲暇的时候,我经常来到这里,
来时仍带着枕头和竹席,好随地安眠。

作者简介

陆游（1125年—1210年），南宋诗人，字务观，号放翁，越州山阴人，即今浙江绍兴人。少年时即受家庭中爱国思想熏陶，高宗时应礼部试，为秦桧所黜。孝宗时赐进士出身。中年入蜀，投身军旅生活，官至宝谟阁待制。晚年退居家乡，但收复中原的信念始终不渝。

陆游一生著作丰富，创作诗歌近一万首，内容丰富，气象万千。大量作品都是抒写忧国忧民的情怀，悲壮激越，好似滚滚江涛，一泻千里。如《关山月》、《山南行》、《书愤》、《示儿》、《溪上作》等，均属"忠愤"之作，极为后人感叹。

陆游另有《剑南诗稿》、《渭南文集》等数十部文集存世，存诗9000多首，是我国现有存诗最多的诗人。

赏析

这是一首咏物诗。陆游以"多侧面"的形象性描写，赋予"东湖新竹"以新的生命。

首联写种竹时的情景，竹初种时，要用棘条编成篱笆，小心谨慎保护好，新竹长成，碧绿浓荫，倒映在水之涟漪中，无比清丽。

颔联写嫩竹初长时的风姿。第三句通过"风"来反映竹梢的敏感和迎风摇曳的情景，第四句通过"光"来反映它的绿荫萋萋、一片苍翠的景象。

颈联诗人用动静结合的手法，形象逼真地描画出新竹成长过程中的特点，读后使人如见如闻。

尾联两句抒情，写作者对竹林的爱慕和向往，希望"官闲"后经常到此"枕簟"。而这竹篾制成的"簟"，又呼应试题的"竹"字。这首诗由于在形象性方面着意求工，诗意也就更加清新传神了。

秋日偶成

(宋)程 颢

闲来无事不从容[1],睡觉东窗日已红;
万物静观[2]皆自得,四时[3]佳兴与人同。
道通天地有形外,思入风云变态中;
富贵不淫[4]贫贱乐,男儿到此是豪雄。

注释

[1] 从容:不慌不忙。
[2] 静观:仔细观察。
[3] 四时:春、夏、秋、冬四季。
[4] 淫:放纵。

新读

心情闲静安适,做什么事情都不慌不忙,
一觉醒来,红日已高照东窗了。
静观万物,都可以得到自然的乐趣,
人们对一年四季中美妙风光的兴致都一样。
道理通着天地之间一切有形无形的事物,
思想渗透在风云变幻之中。
只要能够富贵而不骄奢淫逸,贫贱能保持快乐,
这样的男子汉就是英雄豪杰了。

写作背景

程颢与弟弟程颐并称"二程"，都是宋代哲学家。程颢性格宽厚从容，与人无争，颇能体会大自然大不已的气象。这首诗虽说是秋天偶然写成，细细分辨却可看出他的人生态度。就是心境悠闲，不慌不忙，丝毫不觉得任何压力。

程颢认为：做人的第一要务是要懂得万物一体的道理，然后，牢记这一点，并用心去做，这就足够了。日积月累，人就能真正感觉到自己与万物融为一体了。《秋日偶成》就是这位大师自身对他哲学思想的领悟和实践的结果。

赏析

这是一首感怀诗。

首联表现诗人的闲情逸致：一个恬淡而与世无争的人，做起任何事来都是从容不迫的。

颔联表现心境，这里最关键的是这个"静"字。在一个与世无争，心思清静的人看起来，所有的万物体现出的，都是他先天的本性，都是那么自然，那么美，那么善良。而人间的春夏秋冬四个季节，也都各有巧妙，这样的人，遇到任何变化，都能够心领神会，怡然自得。

颈联写诗人的感悟，真正宇宙的法理，是超乎天地之外，从上到下每个层次，一体贯穿，而且是无所不在的。而我们的思维，从宏观到微观，就像是风云一般，随时都有着千变万化的体悟。

尾联里里的"淫"指的是动摇、改变。诗人说，自己虽然身处贫贱，仍然怡然自得，不会被外界的富贵所迷惑。而人生在世，能够无欲无求，静观自得，道通天地，思入风云，又岂止是一个"豪雄"而已呢？

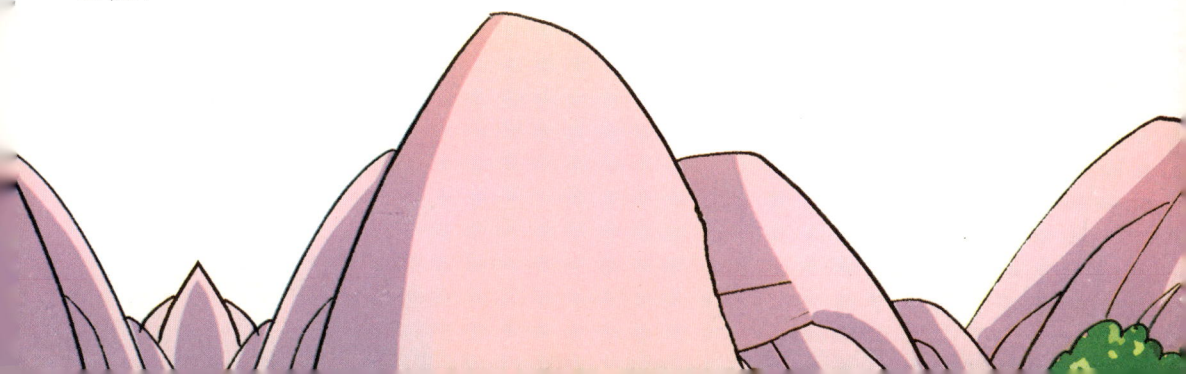

秋 兴

（唐）杜 甫

玉露[1]凋伤枫树林，巫山巫峡气萧森。
江间波浪兼天涌，塞上风云接地阴。
丛菊两开他日泪，孤舟一系故园心。
寒衣处处催刀尺[2]，白帝城高急暮砧[3]。

注释

[1] 玉露：指霜。
[2] 刀尺：指做衣裳的工具。
[3] 砧：捣衣石。

新读

秋天来了，霜降枫林，枫叶凋零败落，
巫山、巫峡一带萧瑟阴森。
峡中的江水波浪滔滔，好像连着天一起涌来，
大概是边塞干戈扰攘接着了地上的阴气吧！
两度菊花开，自己仍漂泊他乡，不禁伤感落泪，
孤独的小舟，还长系着怀念故园的一颗心啊！
天渐渐冷了，处处有人移动刀尺在赶制过冬的寒衣，
晚上从白帝城的高处传来急促的捣衣裳的砧杵声。

写作背景

唐广德元年（公元763年），持续八年的安史之乱宣告结束，但吐蕃、回纥又乘虚而入，藩镇也拥兵割据，战乱时起，唐王朝复兴无望。

此时，严武去世，杜甫在成都生活失去凭依，遂沿江东下，滞留夔州，即今重庆奉节，《秋兴》就是此时所作。原诗有8首，这是其中的第一首。

赏析

这是一首感怀诗。首联叙写景物，点明时间地点。"玉露"指秋天，"巫山巫峡"，指诗人所在的位置。这两句用"凋伤"、"萧森"等笼罩着败落景象的词句，定下全诗感情基调。

颔联极言阴晦萧森之状。万里长江滚滚而来，波涛汹涌，天翻地覆，是眼前的实景；"塞上风云"既写景物也寓时事。当时土蕃入侵，边关吃紧，处处是阴暗的战云，虚实兼之。

颈联由继续描写景物转入直接抒情，即由秋天景物触动羁旅情思。去年秋天在云安，今年此日在夔州，均对丛菊掉泪，足见羁留夔州心情的凄伤。

尾联在时序推移中叙写秋声。西风凛冽，人们在加紧赶制寒衣，白帝城高高的城楼上，晚风中传来急促的砧声。客子羁旅之情更见艰难。全诗于凄清哀怨中，具沉雄博丽的意境。格律精工，词彩华茂，沉郁顿挫，悲壮凄凉，意境深宏，读来令人荡气回肠，最典型地表现了杜律的特有风格，有很高的艺术成就。

图书在版编目（CIP）数据

千家诗新读 / 胡元斌, 郭艳红编著.—北京：中国书籍出版社, 2013.8
（新课标国学美绘新读）
ISBN 978-7-5068-3612-8

Ⅰ.①千… Ⅱ.①胡… ②郭… Ⅲ.①古典诗歌—诗集—中国—少儿读物 Ⅳ.①I222.72

中国版本图书馆CIP数据核字（2013）第157362号

千家诗新读

胡元斌　郭艳红　编著

策划编辑	武　斌　崔付建
责任编辑	邓潇潇
责任印制	孙马飞　张智勇
封面设计	大华文苑
出版发行	中国书籍出版社
地　　址	北京市丰台区三路居路97号（邮编：100073）
电　　话	（010）52257143（总编室）　　（010）52257153（发行部）
电子邮箱	chinabp@vip.sina.com
经　　销	全国新华书店
印　　刷	北京欣睿虹彩印刷有限公司
开　　本	710毫米×1000毫米　1/16
字　　数	100千字
印　　张	10.5
版　　次	2013年10月第1版　2013年10月第1次印刷
书　　号	ISBN 978-7-5068-3612-8
定　　价	29.80元

版权所有　翻印必究